西行抄

恣撰評釈72首

工藤正廣

未知谷
Publisher Michitani

序にかえて

おもいがけず、というより、ここまで来たなら、恣意的な解釈であれ、自分なりの西行歌のささやかな評釈の花束でもまとめてみたいと思った。「評釈」というと空恐ろしいが、こちらは、そんなことはまるでなくて、つい三十年くらいまえに他界した歌人とでもいうように、親しく再会したように思いながら、西行の歌のうち、自分の心にひびく歌を全歌集から摘ませてもらったということだ。

ここまで来たなら、と言ったのは、わたしが西行の没年齢の山路をとうに越えたというようなことではない。そうではなく、いや、それも少しは気持ちにあるらしく思われるが、それよりも実は、この評釈の試みの前に、この三月の春に、わたしはおもいがけずも、いや、必然でもあるような因縁をおぼえてだが、新しい物語『郷愁　みちのくの西行』を上梓させていただいたことだ。

みちのくと西行の親和力・交感を描いたものだったが、惜しいかな、物語中では西行の歌をたくさん引用することがプロットの性格上、できなかった。それで、物語を、実際の西行のオリジナルの多くの歌から補完し、それでもって、フィクショナルな物語に西行の歌のことばを降り積もらせたら面白かろうと思った。幸い、未知谷大人《うし》からの励ましが得られたのである。

フィクショナルな物語も、腕が鳴るのだったが、さて、評釈となると、いつになく懐かしさがこみあげてきた。わたしは国文学、中世の和歌研究者でもなくただの一読者にすぎないが、このあいだまでロシア詩の研究だったので、あちらの詩の評釈にはそれなりに慣れ親しんだことだ。それを杖にして、西行の歌の山路を歩かせてもらった。実に恣意的な撰であるので、「勅撰《ちょくせん》」をもじって、「恣撰《しせん》」評釈とでもいわれようかと思うのである。

このささやかな評釈をやってみて、わたしは一つ二つの発見をした。いや、わたしがそう思っているだけかもわからないが、それでわたしは西行の歌が、ぜんぶ分かったぞという不逞な気持ちになった。それは、西行の歌、一首一首が、みそひともじのステージであるというような発見で、それをわたしは苦し紛れだが「西行歌ステージ論」と名付けた。

そんなわけで、わたしは九百年前の西行と、畏れ多くも、ロシアの二十世紀の歌と二十世紀の詩学との出会いと別れについて、談笑した気持ちになったのである。まずは七十二首をいうように、ふたり草庵で向かい合いながら、白湯を喫しつつ、十二世紀の歌と二十世紀詩人とでも語らったが、それだけでは退屈をもたらすかとも懼れ、集中に閑話休題というように、いくつかの短いエッセイを添えることになった。こうして、西行は、その歌の心が、わたしの旅の同行者となったのは間違いがないところである。この評釈の末には、あとがきにかえて、わたし自身の思いを、現代の行分け自由詩のスタイルで、心を走らせた。

ともあれ、わたしの西行讃である。そしてこの一書が、現在の若き人々が西行歌を愛でる機会の一つともなれば、それに過ぎたる幸もない。なにしろ、西行のことばは若いのである。

二〇二〇年三月（札幌）

目次

西行抄

恣撰評釈72首

本編の引用歌はすべて岩波文庫版『西行全歌集』（久保田淳・吉野朋美校注）によった

山家集四季

作《つく》りおきし苔《こけ》のふすまに鶯は身にしむ梅の香《か》や匂《にほ》ふらん

I

「梅に鶯鳴《な》きけるを」と題した一首。

とりたててすぐれた歌というわけでもなかろうが、とりたくなる。庵住《いおり》まいの西行の日常のひとこまが見えるからだ。庭の苔をつかって鶯のためにふすま（衾・夜具）の寝床をつくってあげたというのであろう。鶯がこの夜具に寝れば、身に沁みるくらいに梅の花の香りをかげるだろうというのだから、子供らしい思いだ。鶯がはたして西行の庭の苔のしとねに飛んでくるだろうか。

問題はそこだ。中世の鶯は、現代の鶯とはおおいにことなって、ひとになついて、人の情愛を知るのであろう。実際に、西行の期待するように、鶯は梅の枝から苔のしとねに飛んできて、西行の目の前でくつろぐ。この調子では、西行はきりぎりす（こおろぎ）にも冬越しの宿《ねどこ》をこしらえてあげたにちがいない。あばれた庵の一人住まいとはそこまでを包摂する。

評者のわたしの経験でも、まだ鳴きなれない未熟な鶯が、わたしの眼前の枝に止まって、わたしをよそ眼に、欠損した声でケキョケキョと鳴いてくれたものだ。深山の鶯である。汗を小川のように流して半裸で休んでいるわたしを人とは思わなかったのだろう。

山42

（山＝山家集、数字は全集通し番号）

2

山里《ざと》へたれをまたこは喚子鳥《よぶこどり》ひとりのみこそ住《す》まんと思《おも》ふに

題に「山家喚子鳥」とある。

呼子鳥と普通は書く。春の鳥、ここで郭公《カッコウ》を思ってみよう。

山里の庵に一人だけで住むつもりなのに、これはなんということだ、だれが来たかと思えば、呼子鳥のおまえさんであったか。というほどの意味。

「やまざとへ・たれを・また・こは・よぶこどり」というように、西行の語法は、「たれをまたこは」というふうに思いの順序の自然の流れでつなぐ。

散文なら、「こはたれをまた、よぶこどり」と言うべきところか。

「呼ぶ」という掛詞の動詞が、そうさせると言っていい。
一人住まいだと思って寂しくもあり、寂しからずとも思っているところへ、これはこれは思いがけず、呼子鳥がお客に来てくれたのか、という気持ち。ほっとした気持ちが、「たれをまたこは」という聞こえるか聞こえないかくらいのつぶやきになる。若い西行が山里に棲みはじめのころである。かえって寂しさが際立つか。

山
49

3

あくがるゝ心《こゝろ》はさてもやまざくら散《ち》りなんのちや身《み》に帰《かへ》るべき

「花の歌あまたよみけるに」という春の題のもとの一首。山桜のオンパレードと言うべきか。詠み飽きず、花百態である。

西行は二十七歳頃、みちのくの旅をしたあと、高野山に入り、庵をむすび、そのあいだに吉野山にも通うのが三十代の初めからだと、おおまかに知っておけばよい。

あこがれる心は止まず、ようやくその山桜が散ってしまって、あこがれだした心が身に戻って来る、と言うのである。つまり、歌による述志。この歌の余裕は、

「あくがるる」「心はさても」「やまず」「やまざくら」と重ね掛けた遊び。「さても」というよくある間投詞は、「よくもまあ、ほんとうに」の意味で、自分のこうした夢見るような数奇心を、意識してのことだから、ほんとうにどうもこうもなくあこがれて、ということだ。

「あくがる」は、本来あるべきところという古語の「あく」、「かる」は、離れるの意味。こころが上の空になることだ。心がさまよいでる。

そのさまよいだした心がまたおちつくところの身《じしん》に戻って来る、というのである。このあたりに、これは山桜病であろうか、西行の心的傾向が分かりそうだ。ちゃんと自己診断ができている。またあこがれだしたな、とでも言うように。

山
67

4

願《ねが》はくは花の下《した》にて春死《し》なんそのきさらぎの望月《もちづき》の頃《ころ》

もちろんこの一首は「山家集」中の白眉とされ、「新古今和歌集」にも採られた名歌。そのうえでなお考えてみたい。ずいぶん調子がよい。ローマ字表記で音が見えやすくしてみると、

Negahaku-ha hana-no sita-nite haru sinan

というように、h音とs音が快調にそろっている。

意味的には、さしたることもなく、自分の死はこのようでありたい、いや、そうするのだ、というような辞世的な含みだろう。「花の下」「春」「死なん」。

事実、先にこの歌を書いておいて、たしかに西行の死は、一日遅れたものの、如月の望月の翌日に実現したというので、この歌は伝説化される。

評者が着目するのは、下の句の、「その・きさらぎの」の、「その」という中称代名詞だ。「この」は近称、「あの」は遠称。「その」とは何か?

「その・きさらぎの」ということで、誰しもが、桜の花の如月《きさらぎ》と知っているので、そこへと読者を引き入れるのである。「その」と言われて、二人称的に西行によって呼びかけられる。死の彼方へと、その浄土へと促されるとでもいうように。

どうやらこの歌には、この美しい調べとは裏腹にというべきか、過激にして優しい思いが秘められていそうだ。空海の密教的な（?）「即身成仏」的志向の成就が秘められてはいまいかと。

山77

仏《ほとけ》にはさくらの花をたてまつれわが後《のち》の世《よ》を人とぶらはば

5

この一首は、「山家集」上に、「願はくは花の下《した》にて春死なんそのきさらぎの望月の頃」の次におかれた歌。西行の歌の引用には欠かせないところだろう。

西行の入滅は陰暦如月《きさらぎ》の十六日とされ、望月を一日過ぎたものの、「望月の頃」には間に合った。間に合ったというのも妙な言い方だが、間に合わないのが人の一生だから、そう言ってみる。

さて、この歌は必ず物の本には引かれ、西行法師の仏教帰依の深さが言われるところだ。歌の意味は、文字通りのことだ。わたしの死後（後の世、後世《ごせ》）を弔問するとならば、仏にさくらの花を奉《たてまつ》ってくれ。というほどの意味。それにしても潔い、さっと一呼吸の読み下しのようだ。

「願はくは花の下にて」も、この「仏にはさくらの花を」も、三世仏（過去・現在・未来）の仏には花を奉るゆえに、いわば歌のことばとしては定石。両歌ともに一対の辞世の歌とも詠める。死ぬときは花の下で如月の望月の頃、死後となって、わたしを弔《とぶら》うときはさくらの花を、というのである。西行のわたしにではなく仏に。成仏したわたしにと。

　西行の願いはこのようにさくらの花の慈悲一枝である。評釈のどこかで評者は、西行のさくらの花を、永遠に母なるものの象徴《あらわれ》と解釈したのだが……

山78

木《こ》の本《もと》に旅寝《たびね》をすれば吉野山《よしの》花《はな》のふすまを着《き》する春風《はるかぜ》

これが西行さんらしい素直な歌。吉野山に来て、春風が桜の花びらを吹き散らして、まるでふすま（衾・夜具）のように旅寝のわたしに着せてくれるというのだから。

もちろん木の本《もと》というのは、桜の木の下。「木《こ》」は木の古語のばあいの読み。

さて、ここで旅寝とはどういうことだったろうか。この時、桜の木の下で、夜明けまで旅寝をしたことだろうか。

春風が、落花の夜具を着せてくれたというのだから、夜をここで一人寝したと言ってもいい。昼だけ寝たのでは歌にもならない。春風は、夕べに花びらの夜具を、寒かろうと思って、かけてくれたのである。

このように、植物や虫などに接するにつけ、擬人化《パーソニフィケーション》が自然になされる。

ここで春風は女性名詞であろう。そこまでは言わぬまでも、唐突ながら、ミューズといってもよさそうだ。いや、若くして自らすてた母かもわからない。

西行は自然詠にすぐれているが、ただ写生的な自然詠ではなく、さりげなく擬人法が行われている。生涯、多くの旅をしてくれば、自然にそのようになるだろう。擬人化によって寂しさも変容する。

山
125

7

散《ち》る花の庵《いほり》の上《うへ》を吹《ふ》くならば風入《かぜい》るまじくめぐりかこはん

前詞にあるが、高野山にこもっていたころ、草の庵に花が散ってつもっていたので、こう詠んだとある。

桜好きの西行のやりそうなことである。草庵の庭に桜の木があるか。そこへ風が吹くとその花びらがさらわれていってしまうので、風が入らないように囲っておこうというのである。まさか囲ったわけではないまでも、風にもっていかれるくらいなら、散った桜の花びらのうずたかく庭にしきつめられていたい。

わたしたちでさえ、桜の花びらの散り敷いたさまには、そのうずたかさにおどろく。まして山桜である。庵に降りつめば桜の花びらのしとねのごとしであろう。別の歌にもある。落ち葉が庵の庭につもる。それが風にもっていかれてはただの塵に同じなので、わが庭にそのままうずたかいままにしておきたいと。

初度のみちのくの旅から帰って来て後は、一時は吉野山に庵住まいした。桜の歌の多くはもちろん吉野の桜だ。そののちは高野山の僧房に寄せてもらい、また、庵にも住み、三十有余年であった。

それにしても、西行のこの長きにわたる暮らしのたつきはどうだったのか。現代で言うと、年金もあるでなし、生活費はと思う。研究書でもつまびらかでないが、出家遁世者としてそれなりに困窮であったかと想像できる。

山
138

8

跡絶《あとた》えて浅茅《あさぢ》茂《しげ》れる庭の面《おも》に誰分《わ》け入《い》りてすみれ摘《つ》みてん

題は「菫菜《すみれ》」。

浅茅はチガヤのこと。チガヤは春、葉が出る前に小花をつけて、のちに白い穂になる。これが「つばな」である。

人が住まなくなった庭、チガヤが生い茂ったあれ庭に、誰が入っていって、わざわざすみれを摘むことができようか。というほどの意味。

「摘み」「てん」の、この助動詞は、可能性を推量する。

西行の住まいするあたりにこのような廃屋の庭があって、見知っているのだろう。そこにはたしかにむかしのすみれがたくさん咲いているのだが、もう誰もわざわざ分け入って、すみれを摘む人はいないだろうと。

この小さき花への、その空色の花たちへの、おそらくはチガヤの中で敷きつめられているすみれの花への思い。

「だれ・わけ・いりて・すみれ・つみ・てん」というふうに立ち止まって西行はつぶやく。摘まれてこそ花であるが。なにしろチガヤが邪魔である。いわば字余りの「庭の面・に」の（「お」のリエゾンだが）六音、この「に」の一拍に、ためらいの気持ちが聞こえようか。西行のため息がきこえる歌と言っていい。

西行の住んだ庵のあたりにはこのような跡がいくつもあったのだろう。

山
159

なほ《を》ざりに焼《や》き捨《す》てし野《の》のさわらびは折《お》る人なくてほとろとやなる

9

題は「早蕨《さわらび》」。

いいかげんに野焼きをした野のワラビは、ワラビを採るひともいなくて、ほとろ（ほどろ）になっている、というほどの描写。

「ほとろ」は、ワラビの葉や茎が伸びすぎた状態。西行が山里を歩いてみて気づいたことだ。

こういう情景を歌に詠むというのはどういうことか。この情景に詩情がありえようか。ある。焼かれない野のさわらびの瑞々しい緑の葉と茎、これがいまは無残に伸び放題になっていて、葉はちぢれ、茎は黒ずみ、折っても食にならない。このようなおざりにされた野のさわらびもまた、早蕨なのだ。さわらびのなれのはてが、かえって若々しいさわらびを思い起こさせる。

鴨長明の「方丈記」には、「蕨《わらび》のほどろを敷きて夜の床とす」という「ほどろ」の用例が「広辞苑」に見られる。これはまた鴨長明の庵暮らしも大変なことだ。風情ありとばかり言っていられまい。西行とても似たようなことではなかったろうかと、暮らしぶりについて偲ばれる。

のちに「新古今和歌集」に西行の歌は九十四首ほども採られるが、このような歌がもちろん採られるわけがない。こちらは、野の詩学だから。

10

岸近《きしちか》み植《う》ゑ《へ》けん人ぞうらめしき波《なみ》に折《お》らるゝ山吹《やまぶき》の花

「山吹」と題された一首。

とりたてて言うべきこともあるまい。川岸のきわに誰が植えたのやら、うらめしく思うのは、川波に洗われて折られてしまうからだ。

しかし、「うらめしい」というのは大げさにも思われようか。相手に不満がのこる気持ち。本来、「うら→裏」を思う、つまり、心の見えない裏のことをである。そんなふうに植えた人の心の裏をおもって、うらめしくおもうのであったろう。

山吹の黄色と川波の青。

山吹の枝にかぶさってくる波と、うらめしき、とがよく似合う。

山吹の枝が折られるさまをみて、ひとしおうらめしいのである。

もう一首に、「山吹の花咲く里になりぬれば」とあるところをみれば、ここは山城国つまり現京都府の南。山吹の里であったのだろう。

西行はこのように、四季おりおりの花に心を寄せる。春は、かきつばたであり、躑躅《つつじ》である。夏は水辺の卯の花、撫子《なでしこ》の花。

山 165

11

真菅生《ますげお》ふる山田《やまだ》に水《みづ》をまかすればうれしがほにも鳴《な》くかはづ哉《かな》

題は、「蛙」である。「真菅」というのは、スゲの美称であろう。ようするにカヤツリグサ。菅笠というように、これを編んで笠をこしらえる。

このスゲがいっぱいに生えている山田があって、この山田に春の水をぞんぶんに入れてやると、蛙たちが嬉しそうに鳴くというのである。

山田に水を「まかすれば」というこの「まかす」は、水を「引く」という意味である。春になって、いよいよ田に水を入れるのである。このときに水の入ってくるさまが、この「まかす」ということばで躍如とするだろう。というのも、わたしたち現代の語感だと、「任す」というふうに聞こえてしまうからだ。山田に引かれる水が、いきおいよく、一度にまがされたように田を潤してゆくのである。
そこへ蛙たちが、嬉し顔で鳴くというのだから、西行はその蛙たちの顔を見てのことであったか。しゃがみこんだ西行は小さな蛙たちの顔まで見ている。

山
167

12

郭公待《ま》つ心《こゝろ》のみつくさせて声《こゑ》をば惜《を》しむ五《さ》月なりけり

郭公とくれば、カッコウ鳥のことだが、郭公と書いて、ホトトギスと読ませる。鳴き声は、カッコウ、カッコウ、である。けたたましいホトトギスの叫びではない。死出の山路に、いわゆるホトトギスの「てっぺんかけたか」というような声では興覚め。

この夏の歌は、この歌の通りで、別にそれ以外ではない。五月というのは、なんともまあ、カッコウの鳴く声を惜しむ、というほどの意味。待つほうでは、いつ鳴いてくれるのかと待ち続けるが、一向に鳴いてくれない。

待つ心の状態。待たせるほうは、カッコウは五月そのものと一体化して、そしらぬふりだ。それが、「五月なりけり」なのである。

ここでも擬人化。

かく言う評者も、もう一声でも、カッコウという鳴き声が聞きたくて、いつまでも待つのであるが、まずは鳴くことのないことが分かった。その待つ間の心がいい。林間は雲と霧。

西行とて待つ人の心を知っているようなカッコウ鳥にはひどく待たされた。

他に、「さみだれの晴《は》れ間《ま》も見えぬ雲路《ぢ》より山ほとゝぎす鳴《な》きて過《す》ぐなり」というう「雨中郭公」と題された一首もいい。

山
184

13

西《にし》にのみ心《こゝろ》ぞかゝるあやめ草この世《よ》はかりの宿《やど》と思へば

いかにも西行的と思われるだろう。西行には円位法師という法名もあるが、やはり、西（浄土へと）行く、という名が先に来る。

あやめ草《ぐさ》は、あやめ・菖蒲の花のこと。

心が「かかる」あやめ草というように、「かかる（頼りにする）」は、あやめ草の縁語。縁語とは、歌文中で表現効果をあげようとてことばたちの照応をそえること。

となれば、この菖蒲の歌は、あやめ草が主人公で、この世は仮の世であると思っているので、あやめ草の心は西の浄土をこそ頼んでいる。という意味の流れになる。

しかし、これは菖蒲の花に託した歌詠むがわの思いだろう。

いつもの西行歌のように、西行はあやめ草になりかわっている。あなたは西方浄土のみを頼みにしているのだね、この世は仮の姿だと分かっているのだものね。とでもつぶやいている。

前詞によると、五月五日、だれやらが入用な菖蒲の花をとどけてくれたのである。それへの返事。

「この世はかりの宿」という当たり前のことが美しく思われるか。

山
205

14

さみだれに小田《をだ》の早苗《さなへ》やいかならん畔《あぜ》の渥土《うきつち》洗《あら》ひこされて

題して「さみだれ」の西行歌は多い。その一つをあげる。

五月雨、この「さ・みだれ」の原義は、サ（さつき）・ミダレ（水垂れ）と辞書に見る。梅雨時期の長雨。

まことにまっすぐな歌。小さな田に植えられた早苗はどんな具合だろうか心配だ。畔の泥が雨の水かさで洗い濾《こ》されているので。

それにしても苗代《なわしろ》から田んぼに植えかえられた若々しい稲の苗が五月雨の水で心配だと、崩れそうになる畔の泥にまで言及しているところをみれば、西行はこのような小田を見に行くのであったろう。また歌うには、さみだれのころに荒れた田ならば、人の手ではなく自然の雨で田が水浸しになっているというふうに観察する。

このような水田への思いは、ここは西行が棲む山里だとしても、おそらくは西行の育った風土の想起につながろうか。西行の佐藤一族は、摂関家の所領地、紀伊国「田仲庄」を預かって経営し富を蓄えた荘園の在地領主だった。紀ノ川中流域の穀倉地帯。北面の武士になる十八歳まで、この田園地帯の領地で過ごした。自然についてとくべつに心をこめて歌を寄せる感性は、この故郷の平野部によってはぐくまれたにちがいない。

山
213

15

杣人《そまびと》の暮《くれ》に宿借《やどか》る心地《こゝち》して庵を叩《たゝ》く水鶏なりけり

題は「深山水鶏」。なつ。くひなの歌。

もともと。クイナは、クイ・クイ、とナク、というところからの名という。これが、叩く音に聞こえるということで、水鶏は叩くと縁語。

歌の意味が面白い。

日暮れに、杣人（きこり）の小屋に泊めてもらう気持ちがするというのである。くいくいと庵の戸を叩いているのが水鶏だったと。

ここで、「暮れ」の語は、「榑（くれ）」と掛けてある。このクレは、山出しの板材のこと。

というわけで、この一首は、例によって西行らしい擬人化の手法だ。

主語は、自分ではなく、水鶏。

この水鶏が、板材の樵小屋に宿を借りるとでもいうようにして、西行の庵の戸を叩くのである。それが日暮れの時刻だ。

散文に訳すと、「日暮れに木こりの板葺き小屋に宿をかりたげな気配で、わたしの庵の戸を水鶏がたたいていたよ」というようなことだ。

ここで、「心地して」というのは、二重の意味あり、西行の心地と、水鶏の心地がとけあっていようか。西行が水鶏でもあるというような擬人化。

山
232

16

旅人の分《わ》くる夏野《なつの》の草茂《しげ》み葉末《はずゑ》に菅《すげ》の小笠《をがさ》はづれて

「旅行草深と云《いふ》事を」と題が付いている。夏野行けば草が深い。それを漕ぎ分けて行くのであろう。

その生い茂る草の背丈が高くて、旅人の菅の笠が、外れて背にずり落ちるというような光景。ただそれだけの情景だが、その旅人の困惑ぶりが分かる。なんとも煩わしい。

葉末の感触まで夏であろう。夏野を渡る旅人もこれは大変であるが、気持ちもいいものであろうか。

ところで、これは、主語が定冠詞のない「旅人」であって、西行自身とは言っていない。まるで絵のように彼は旅人を見ている。しかし、その旅人も彼自身なのだ。夏野とはどういう光景か。背丈までくるスゲが生い茂る。

「草茂み」「葉末に」「菅の」「笠」「はづれて」――の音をだしてみれば、夏野をかき分ける音がするだろう。

kusa-shigemi hazue-ni suge-no kasa hazurete

ローマ字表音化すると、くさ、しげ、はずえ、はずれ、くさ、かさ、というように音が聞こえてくるように西行は音を隠している。期せずして音写とでも言うべきだろう。漢字の裏に、和音が息づく。

山
237

西行随想1　音の調べ、西行韻

西行の歌のつくりというか、その詩法には、ほぼ三つの特徴があるように思う。

一行立ての、この立つ一行の、三十一文字という音数の中で、歌を詠む。

で、①この一首のみで、ステージ、言うなれば、小舞台、劇場になっていること。そのような歌。

②は、一首が、それほど際立ってステージになっていない場合、その場合は、音の調べのステージになっていること。①が劇であるとすれば、こちらは音楽の調べ。西行の音感は卓越している。

この場合、日本語の和歌の韻律を思うと、その奇しき技に驚かされようか。わたしはロシア二十世紀詩で、あちらの詩の押韻その他をよく知っているが、脚韻がしっかりしていればよいというのでは、十九世紀ぶりであろう。さまざまな音韻の組み合わせと交差などなど、そのさまは、そのまま西行歌の音韻の技法に重なる。こちらは日本語なので、なおのことである。漢字表記の奥に隠されている音の調べ、繊細な錯綜韻のバリエーション、といったものだ。しかも、日本語のかな文字が加わるので、ゆるぎない意味論が、いっそう繊細で微妙になる。

そして③は、西行の歌は、自然詠、叙景歌ばかりではなく、詠み手の心のありどころを叙述する複雑な、あるいは文法的にも無理筋とでも言ったらいいか、いやに難解で込み入った歌がおおくある。これはみな浄土やら、即身成仏やら、仏教の教義を背景にしたものだ。これはステージ論では片付かない。また、音の調べ、音楽論でも片付かない。これは、いわば経文論とでもいうべき視点でないと片付くまい。

というわけで、①ステージ論、②音楽論、③経文論、とでも分類されようか。

もちろんこの三つがすべて重なる歌もある。それが西行秀歌に違いないが、どちらかに傾く。

さて、ここでは、②の歌について語っておこう。

こちらの歌の方が多いからである。①の場合は、絵画的、動画的、動作的、動詞句の行為、登場人物たちの会話、独白、対話、などポリフォニックな声がもたらされる。②の場合は、①の要素が淡くされよう。自然の声と音、そして意味論が、澄んだ調べで表現される。

この②の歌の調べと音韻については、評釈の一つ二つでも、ローマ字に翻字することで、隠されていた音を明らかに見えるようにしておいた。ここでは、それほど明瞭ではないごく普通の歌をあげて、その音の操作をみておこう。歌集ページをひらいて、眼に入った一首を見よう。

「山里《ざと》はそともの真葛葉《まくずは》を茂《しげ》み裏吹《うらふ》き返《かへ》す秋を待《ま》つ哉《かな》」

とりたてて評釈するほどのことはあるまい。山家（草庵）が秋を待つ、と題。家の外の真葛（葛の美称）の葉が生い茂っていて、秋風が葉裏を吹き返す秋を待っている、くらいの意味だ。その散文が、歌に変容すると、三十一文字の枠内で、このようになる。上三句の五七五は、「やまざとは／そとものまくず／はをしげみ」とある。これでも、葛の葉が風に吹かれる、やわらかなこすれるような音がきこえないことはあるまい。音の交差韻などを感じるために、ローマ字に翻字すると、こうなる。

YaMa zato wa ／ sotoMo no Ma-kuzu ／ ha wo sigeMi ／というふうだ。この上三句から聞こえるのは、このような自然音の描写だった。日本語のうちに含まれている音韻なのだが、西行は意味論を考えつつも、このように、特に、yaMa-zato , Ma-kuzu, sige-Mi, というように子音Mの錯綜韻をうみだしている。美称をかぶせられた真葛なのだから、ただの葛の葉ではないのだ。

で、下二句の七七は一首の結論であるから、叙述になる。

「うらふきかへす／あきをまつかな」。翻字すると、

Ura huki kaesu ／ aki-wo Matsu kana, というように、そとも→真葛→待つ、というふうにマ音が変奏されている。この音「形象」ともいうべきM音が、こうして、秋の七草の「真・葛」がかくれた主人公、「裏」（心）という登場者として機能する。

これはただの一例だが、西行歌はすべてがこうなっていると言っていい。

17

ひばりあがる大野《おほの》の茅原《ちはら》夏来《なつく》れば涼《すゞ》む木陰《こかげ》を尋《たづ》ねてぞ行《ゆく》

「旅行深草云々」という題の一首。

春は雲雀があがる茅萱の生い茂る広い野原。ここに夏が来れば、涼しい木陰を探して行く、というだけの、広やかな、呼吸がよくなる調べの歌だが、西行歌にしては憂いなく明朗。いかにもゆったりとしたひろがりがある。

茅をわけて歩く西行の元気な姿が見える。五月雨に田の水が心配でおろおろするような西行ではない。

木陰をみつけて涼をとるのであるが、さて、ここでひとり西行は何を思うのか。

納涼の類歌がある。

「水の音に暑《あつ》さ忘《わす》るゝまとゐ哉梢《こずゑ》の蟬《せみ》の声もまぎれて」というのである。洛東の北白川というのだから、川音に蟬の声もまじっていて一つになる。「まとゐ」というのだから、円居《まどい》をして、西行たちの歌詠みの集まりであるのだろうか。話題はどういうものだったか。都の事情であるか、歌であるか。

このような歌で知られようが、西行風の寂寥感とは別に、なにやら陽性の、孤独ではあってもそとに開かれた明るさが感じられる。西行はひとなみはずれた交際家であるように見えるだろう。この交際心には、慕情といった心がこもってのことだろう。仮に、「憂し」と歌ってみても、明るみのある憂い。

山
238

18

老《を》いもせぬ十五の年《とし》もあるものを今宵《こよひ》の月のかゝらましかば

この歌は「八月十五日」の題で連作七首あるうちの一首。つまり陰暦八月の十五夜、中秋の名月。七月・八月・九月が秋で、その中が八月なので、中秋というわけである。

西行らしいのは、いきなり、「老いもせぬ十五の年もあるものを」と一文をまずは措く。この中秋の満月は、年とることもなく、そのままで、めぐってくるのである。今宵の月がのぼれば、それに会える。十五夜の満月→十五の年、という比喩のずらしだ。

「～あるものを」（～であるのに）と言いさして句読点である。そして、「～ましかば」（もしそうだったなら）と措く。

これが西行である。「若々しかった十五の年（春）もあることだ」「今宵の十五夜満月がかかったならば」この二つの命題のあいだに西行がいる。

少年時代、あるいは成人元服の、あのわたしたちの十五歳。これは一生涯老いることはない。月においてだけは、それが老いることがない。いまでこそ出家遁世して歌詠みをしているが、あの頃は、満月のように満ちていたなあ。

今宵、八月十五日の満月がのぼってきたなら、わたしはあの、今は亡き十五の年に出会うのだ、というようにである。

仮定推量形による郷愁であろう。

山335

19

月なくは暮《くれ》は宿《やど》へや帰《かへ》らまし野辺《のべ》には花の盛《さか》りなりとも

西行は実に多く月を詠んでいる。そのなかでは、やはり、月だけではなく、ともに対象があると、歌はやっと観念性から抜けるのである。西行にとって月は宇宙の真の顕われだったのだろう。

この一首は題して「月照㆓野花㆒」、一、二の返り点が打ってある。月がなかったら、一日が暮れては家（草庵）に帰ることにするよ。どんなに野辺が草花のさかりであろうとも。というくらいの意味。つまり、月の光があってこそ草花も、女《おみ》郎花《なえし》も花すすきでも、うるわしい存在に変容するのである。この歌の趣向は、念押しのように重ねられる「は」音にある。心の屈折をつたえるのだろう。

　同じような題詠では、「月前鹿」の一首がある。

「たぐひなき心地《ち》こそすれ秋の夜《よ》の月澄《す》む峰《みね》のさを鹿《しか》の声」というようにいわば凡庸に聞こえようが、幽玄月下、山の稜線《ね》に並びいる鹿たちが見える。

　かと思えば、これぞ西行であるが、「夏《なつ》の夜の月見《み》ることやなかるらん蚊遣火《かやりび》立《た》つる賤《しづ》の伏屋《ふせや》は」というような、貧しい小屋の人々は蚊遣火を立てているので、夏のよい月も見えないだろう、と感想する。

　そして冬の月となれば、「山家冬月」（さんかふゆのつき、とでも読むか）と題して、

「冬枯《ふゆが》れのすさまじげなる山里《やまざと》に月の澄《す》むこそあはれ成《なり》けれ」とある。

山
388

20

きりぐ〻す夜寒《さむ》になるを告《つ》げがほに枕《まくら》のもとに来《き》つゝ鳴《な》く也《なり》

西行には虫の歌も多い。

ここで、きりぎりす、というのは、蟋蟀《こおろぎ》の古称。どうと言うこともない歌。夜寒になったと告げ顔をしてわざわざ枕元に来て鳴く、というのが西行だろう。

夜寒は、晩秋になって夜の寒さをしみじみと感じることと辞書にみえる。こおろぎが一匹、わざわざ枕元にやって来て、自分も寒くなったと言って鳴くのである。西行は寝ながらにしてそのこおろぎの顔を見ている。こおろぎは寒くて西行の衾《ふすま》のなかに入りたげである。西行のことだから、このこおろぎにあたたかい寝床でもこしらえてあげたいところだろう。ここでも、「告げがほに」というように擬人法だが、そうと言うまでもなく、こおろぎはほとんど人と同じ。晩秋のさびしさゆえに同等なのだ。

それでいて、別の歌では、「ひとり寝《ね》の友《とも》にはならできり〲す」と歌い、こおろぎの鳴くのを聞けば、あれもこれもと思いひとり寝のわびしさが募るとも言う。あるいはまた、こおろぎの声が小さく弱っていくのを聞けば、心に暮秋の残りの日々を数え、自分自身の余命の少なさをも思ったりする。あるいはまた逆に、虫の声なくしては、自分は一晩中泣いていることだとも思うのである。

山
455

幾秋《いくあき》にわれ逢《あ》ひぬらん長月《ながつき》の九日《こゝぬか》に摘《つ》む八重《やへ》の白菊《しらぎく》

21

「菊」と題された一首。わたしはこの歌の周りを行きつ戻りつ、「幾秋にわれ逢ひぬらん」を何度も口に出してみた。

下の句の「長月の九日に摘む八重の白菊」は、重陽《ちょうよう》の節句、陰暦の九月九日、奈良時代から宮中で観菊の宴が催されたとあるから、その白菊。

それにしても詠い出しの「幾秋に、われ、逢ひ、ぬ、らん」は気持ちがこもっている。このさき、幾つの秋、わたしは、きっと逢うことになるのだな、この宴の白菊に、というほどの意味であろう。

そこで思えば、この一首は、先行する別の歌の文脈から言って分かるが、この重陽の節句の宴に、実は西行も招かれてのことだった。つまり鳥羽院の北面の武士としてである。鳥羽院の南殿、離宮での観菊会だ。これほど栄誉なことはない感激だったはずだ。太政大臣だ少将だというように藤原一族の面々。

この先もまた自分はこのような晴れがましい宴に招かれるのだ、幾つの秋も。というような確定推量とおぼしいが、しかし、「幾秋・に」と言われると、こちらとしては、こころなし、この先幾秋こういう宴に自分は逢えようか、というような声に聞こえてしまう。まさか西行が摘んだ「八重の白菊」だとは言わないまでも。菊はまた皇室の紋章。出家前の歌である。

山
467

22

暮《く》れはつる秋の形見《かたみ》にしばし見《み》んもみぢ散《ち》らすなこがらしの風《かぜ》

「暮秋」と題して。歌としてはよくある類型だろうが、「秋の形見にしばし見ん」と理由を言って、木枯しの風に命じるあたり、ここにもまたシンプルな舞台《ステージ》がもたらされる。西行がたしかにいる。もみじ、西行、木枯し。この登場人物。で、木枯しの風が、見えないのだが、擬人化されて見える。

もう現代では、秋の形見にとつぶやいて見るべき情景を失ってはいまいか。

これが冬へとかかりゆき、時雨《しぐれ》ともなれば、「閑中時雨」という題で、「おのづから音《をと》する人ぞなかりける山《やま》めぐりする時雨ならでは」というように変奏されるだろう。

西行が音に敏いのは草庵暮らしのせいでもあろうが、さきほどは木枯しの音、その吹き散らす木の葉の音が、やがて時雨の音にも変奏されるだろう。外にだれも音をたてるような人もいないのだが、ふと耳を澄ませていると音がする。これは「山めぐりする」時雨だったのだ、という気づき。

これも草庵という小舞台。西行、そして時雨という登場人物だ。「山めぐりする時雨」という擬人化は、いかにもいつもの西行だろう。時雨が山めぐりをするというのである。時雨という雨は、山々に雨を降らせながらこちらへと渡ってくる。歩いて越えて来るということだ。

山
488

宿《やど》かこふ柞《はゝそ》の柴《しば》の色をさへ慕《した》ひて染《そ》むる初《はつ》しぐれかな

23

ついついこのような歌を採りたくなる。題は「山家時雨」とある。

西行の歌を読むときには、広辞苑一冊があればほとんど事足りる。「山家」は、「さんか」あるいは「やまが」と読むが、西行歌集「山家集」は「さんかしゅう」。意味は、やまが、山の中の家。

ここで、「宿かこふ」の宿は、このような山中の家、つまり庵である。

この年はじめての秋の時雨、つまり初時雨が降る。この時雨が、庵を囲んでいる雑木つまりコナラやクヌギなどの木々の「色をさえ慕って染める」というのである。柴というのは雑木のこと。これはもちろん黄葉しているが、時雨の雨はこの色さえも慕って染めてくれるというのである。

このさき秋が深まり、ひと時雨ごとに色が濃くなるだろう。

西行らしいというのは、このように庵の雑木《ざつぼく》をさえ「慕ってくる」時雨、というような擬人化であろう。まるでこの初時雨が庵の柴に通ってくるようではないか。

となれば、西行において、初時雨、雨は、まずは男性名詞。

こうして西行は、自然の柴と初時雨との交感をそれとなく思わせる。

これは芭蕉句といってもおかしくなかろう。

山
501

24

合《あは》せつる木居《こゐ》のはし鷹《たか》すばえ《へ》かし犬飼《いぬか》ひ人の声《こゑ》しきるなり

題は「鷹狩」とあるので、冬の鷹狩の行事に西行がでくわしたということか。西行の歌には動詞による描写が際立つ。三十一文字で描写する情熱はどこから来るのだろうか。

語釈から言うと、「木居《こゐ》」は、木にとまる。「すばえ」とは、獲物を襲う、ということかと、岩波文庫版『西行全歌集』脚注に見える。「すばえかし」は、「襲え！」ということになろうか。

「犬飼ひ人」というのは、その鷹を飼っている人のこと。犬で狩りをするのではなく、鷹を放って狩りをするので、鷹を犬とみなす。

ここで、「合わせる」という語は、獲物のほうへ向かわせる、狙いをつける、というような「合わせる」であろう。

「はし鷹」というのは、オオタカに似た小形の鷹。小鳥などを襲うに適しているので鷹狩に用いたという。で、さて、この情景はいかに。獲物を狙って放った鷹がしばし木にとまったままなので、鷹匠がしきり鷹に叫んでいる。早く獲物を襲えと。西行はこの雪中の鷹狩を見に行き、この情景に入り込んでいる。五・七の「合せつる木居のはし鷹」を、西行も一緒になって遠目に見たのであろう。

若き日の武人の思いが揺曳していようか。

山
523

25

たゆみつゝ橇《そり》の早緒《はやを》も付《つ》けなくに積《つも》りにけりな越《こし》の白雪《しらゆき》

題して「雪の歌よみけるに」。西行の四季歌では、冬の歌、雪歌が、わたしには好ましい。意味は、「たゆむ」（怠る、油断して）橇の引き綱をつけていなかったのが失敗だった、越路《こしじ》（北陸街道）の旅路、雪が真っ白に積ってしまっていたよ、というほどの歌。

「早緒」と名付けられる引き綱のことばも美しかろう。もとは、艪に付ける綱。そして橇や車に付ける引き綱。つまり、越路の冬の旅は、橇を用いるのだったか。橇は馬が引くのか。

もう一首あげる。「雪埋レ路」と、返り点をうち、題されて。これは前詞から知られるが、秋に高野山の草庵にお訪ねしますと言ってきたひとが来られなくなったというので、雪が降ってしまってから西行が送った歌。

「雪深《ふか》く埋《うづ》みてけりな君来《きみく》やともみぢの錦敷《にしきし》きし山路《ぢ》を」。心が残る歌。秋に君が来てくれたのなら紅葉敷き詰める山路であったろうに、今はその山路も雪に埋もれてしまった。「君来やと」という未練の調べがいい。

ところでわたしは、『郷愁　みちのくの西行』の最後に来て、思いがけず、ふっとこの歌をも引用させてもらうことになった。いや、この歌があったからこそ、物語のプロットがそれなりに収束できたのかも分からない。

山
529

26

雪降《ふ》れば野路《のぢ》も山路《ぢ》も埋《うづ》もれてをちこち知《し》らぬ旅《たび》の空《そら》かな

題は「雪歌よみけるに」とあるが、西行の冬、雪の歌には秀歌が多いとみる。いまこの「雪歌《ゆきうた》」という語結合でさえ、もう日本には見かけないのではあるまいか。意味はだれにでも染み入るだろう。雪が降って、野の道も山の道も、どこがどうか見分けがつかない。わたしは旅の途次である。というようなことだろう。「旅の空かな」という結句の七音が、雪笠をあげて雪野を眺める西行をひきたたせ、冬空は果てしない。

西行の雪はどこの雪か。

近江路から北陸への旅の雪か。評者はみちのく産なので、雪と来ればもう少し異なる。春三月に降る雪だとて、湿って重く、枝にかかって卯の花の白さに見まがうような場合は多くない。雪、野路、山路、そして旅の空。この空の余韻にはそれとなく旅が修行であることの含みが聞こえようか。

もう一首、もっと小さな情景を身近に感じさせるとすれば、「雪埋レ竹と云《いふ》事を」と題して、「雪埋《うづ》む園《その》の《、》呉《くれ》竹折《お》れ伏《ふ》してねぐら求《もと》むる村雀《むらすゞめ》哉《かな》」もいい。

これは嵯峨野草庵への途中だろうか。呉竹は要するに真竹、たけのこがとれる竹林。雪の重みで折れ伏した竹、その下にねぐらを求めて雀の群れが騒いでいる。真竹の竹林であるから、「村雀」のうごきがよく見え、心がなごむ。

山
539

瀬戸《せと》渡《わた》る棚《たな》なし小舟《をぶね》心《こゝろ》せよあられ乱《みだ》るゝしまき横切《よこぎ》る

27

いま潮の流れが激しい狭い海峡を（時代と言ってもいい）、舟べりに棚のない小舟で渡るところだが、あられが打ちつけ、旋風が横切るのだから、「心せよ」というふうに「棚なし小舟」にも、同時に自分にも言い聞かせている図であろうか。

題に「舟中霰」とある。冬の海の霰《あられ》は痛いくらいだろう。笠にも僧衣にもあられが打ち付ける。船底板は真っ白だ。

まして、この歌は、崇徳院の鎮魂をかねて讃岐《さぬき》へと渡るところとみてよい。

西行自身がいわば棚なし小舟である。

このあられとは同時に心の乱れでもある。崇徳院と来れば、保元平治の乱の記憶が生々しい。乱をよそめに西行は伊勢に赴き、そこで過ごした。

ところで、西行の歌の声は、「瀬戸渡る棚なし小舟」まではいいとして、すぐに、「心せよ」「あられ乱るゝ」「しまき横切る」というように動詞句を重ねるところにある。今流に言えば、歌のポリフォニーだろう。一首三十一文字の中にこれだけ動詞句をもちいて、歌のリズムを動かす。

「棚なし小舟」「心せよ」とくれば、まるで自分自身が小舟と一体となっているのである。繰り返すが、われもこの棚なし小舟だと。

この一首を一幅の絵にしてみればわかる。

山
544

28

常《つね》よりも心ぼそくぞ思《おも》はゆる旅《たび》の空《そら》にて年《とし》の暮《く》れぬる

じつに簡素な歌。

前詞に、「陸奥国《みちのく》にて、年の暮によめる」とある。西行のみちのくの旅は、初度が二十代の終わり、二度目が六十九歳。初度は、一冬をみちのくで越している事実から言って、これは初度のみちのくの旅だろう。

日録の覚書とでもいうようであるが、歌集にひろっているところをみると、捨てがたかったのであろう。「旅の空にて」、この広大な心細さであった。

「旅の空にて年の暮れぬる」というのはどのような気持ちか。これまでのどんな旅よりも心細く思うのだ。しかもこの見知らぬ地で年を越すのである。

この初度のみちのくの旅の細部は分かっていない。残されたわずかな歌で読み取るだけだ。平泉まで来て、衣川を見たまでは分かるが、さて一冬はどこで何をしていたものか。春には平泉で束稲《たばしね》山の桜を知り、その後出羽に出て、山寺で桜に会うことくらいしか分からない。冬はどこにいたのか。

ただ、後で引く「むつのくの奥ゆかしくぞ思ほゆる」の歌から推測すると、この時は、平泉からさらに北上して、外の浜（青森県の浅虫をこえて）まで旅したのかもわからない。年来の惹かれる夢だったのだから。

陸奥国を、西行は、「むつのく」とも読み、また、「みちのく」とも読む。

山
572

29

いつかわれ昔《むかし》の人といはるべき重《かさ》なる年《とし》を送《をく》り迎《むか》へて

「常《つね》なきことに寄《よ》せて」という題を添えてこの一首である。もちろん、常なきこととは無常を言う。

さらに、この「昔の人」というのは、ただ昔の過ぎ去った人というのではない。いまは亡き人、ということである。

となると、このように年を送り迎えて、年を重ねるということは、いつかわたしも昔の人と言われるのだな、という感慨になろうか。

いつか亡き人になるのだなと。これは若い西行の歌ではない。高野山三十年を経ての年頭の所感であろうか。

同じように、老いについての西行の歌は率直。

「散《ち》る花も根《ね》に帰《かへ》りてぞ又は咲《さ》く老《おい》こそはては行方《ゆくへ》知《し》られね」という一首は、率直に「老人述懐」と題される。

花はそれでもいいが、さて人となると、老いることは果てが知られない、というのである。どこへ行くのか行方が分からないのであると。これが、西行の「老人述懐」である。また咲くかもしれないではないか？　いや、そうではあるまい。いつか昔の人と言われるであろう。老いこそはその行方も知られない未知の領域であるというふうに、いま西行は庵にて、小さな硯にむかっている。

山 577

西行随想2　西行は清貧だったか

西行の形而下、日常生活はどうなっていたのか、ふっと思うと全く霧の中だ。十二世紀の日本の中世、それなりの歌詠みや物語作者など、出家してのち草庵を結んで暮らしたというが、何をどうやって食べて生きのびたのか。草庵といってもどの程度のものか。西行も同然だろう。文字通り、草の庵《いおり》。立派な茅葺《かやぶき》屋根のあるような寝殿造りであろうはずがない。実際に歌に詠まれるように、寒い衾《ふすま》にくるまって寝ているとコオロギがお見舞いに来てくれるくらいだから。旅のあいだはどうにでもなろうが、炊事洗濯など一人住まいでどうしていたのか。

それで、はたと迷うのである。中世史家ならば時代の庶民生活から武士にいたるまでの生活の諸相に詳しかろう。佐藤義清《のりきよ》として北面の武士に任官できた頃は、実家はかなり裕福な荘園領主。北面の武士になるのは然るべき寄進の贈り物（官であれこれの費用に資する）を現物で提出する。その多寡による。彼は母と一族の期待をになった嫡男故、二度目の挑戦で、無事に北面の武士になった。このときは、二万匹の布帛《ふはく》（布と絹）を上納したというから、匹というのは、布帛の二反であるから、二万匹というと、四万反もの布帛を献上したこととなり、これはものすごい。西行の実家の裕福さを言ってあまりある。

さて北面の武士となって、都住まいと言っても、院から給金でも支給されただろうか。仮にされたとしても、たかが知れたものであろう。院自身は財政的に豊かではない。皇后やその外戚に寄進された荘園のあがりの財が、いささかまわってくるくらいだろうか。極端に言えば、手弁当である。しかし栄誉があるし、公卿衆との人脈につながりうる見返りもあるか。

ここまでは実家が裕福なので問題がない。さて出家して北面の武士を辞した西行となると、この先の生計《たつき》はどうなるか。当面、実弟が跡目を継いでいる。まだ実母も存命だろう。高野山を越えて紀ノ川に行くと、実家の領地の田畑であるから、ある時期までは仕送りがあって自然だ。しかしこれが数十年もというわけにはいくまい。若い西行はあちこち漂泊の旅をしたのち、高野山に住む。これが三十年に及ぶ。最初は僧房の一つで住まったことだろう。それなら衣食住はどうにかなろうか。彼は結局は高野山に僧籍を持たなかったから、それは寄食というような処遇だったか。そのあとは人事の煩雑を逃れて、高野山中の庵住まいに移る。これを拠点にして、旅に出、また帰り、歌詠みに徹する。もちろん、彼は、その人格によってか、勧進についてはなかなかの力量があった。しかしこの勧進から、いくらかでも収入となったものだろうか。その一割くらいとか。それはあり得ただろう。あるいはまた、あちこちの寺院法要に招かれて、それなりの仕事をして報酬があったのは考えられる。現代のように歌のカルチャーセンター講師などということはないが、多少の、お弟子がいたとしても、これは無報酬であるだろう。長い旅にはお金がかかる。それをどのように工面したか。人柄ゆえにあちこちから草庵に現物の届け物があったにしても、けっこうな困窮ぶりでもあったであろう。西行とくれば、法師、上人、歌人などと、現代ではすこし裕福な暮らしぶり、あるいは北面の武士という来歴を思って、左うちわの出家遁世者と勘違いするのではないだろうか。現代では、老齢年金とかでようやくしのぐ詩人たちであろうが、中世ではそれはない。自力なのだ、いや、他力かも知れない。ともあれ、清貧であったとみるべきだろう。しかし歌にはその片鱗だにみせない。浮かばない。むかし富裕、いま清貧でよい。

最後の年々は、高野山から、伊勢へ。伊勢の外宮《げぐう》を仕切る武家出自の一党の厚遇をうけ、二見浦に慎ましい庵ぐらしになる。外宮はいわば西行晩年のパトロンというべきだろう。この伊勢時代に、西行はみちのく平泉の旅を敢行する。このときの資金は、当然ながら、奈良の大仏修復のための砂金勧進であるから、勧進元の重源《ちょうげん》あたりから十分な手当てがあったとみるべきだろう。で、このあと、伊勢を去り、京の嵯峨野に移る。ここの庵から、最後は、河内の弘川寺に移り、寺内の庵で過ごし、入滅。寺の離れといったところだろう。ここで、判者を定家とする「宮河歌合」を編集する（一五七頁参照）。

このようにたどってみても、西行の暮らしぶりはさっぱり見えない。庵暮らしに奴婢《てつだい》の一人でもいたものかどうか。どうもそうではない。西行の人脈ははばひろく、貴族、歌人、名だたる高僧というように交友があるので、それなりに相互贈与的に恵まれるところがあったにちがいない。わたしはいまこのように形而下的なことばかりこだわってみたが、西行自身は、清貧も富裕もなんの差もなかったことだろう。歌の美と思想にあって、心は満ち、歌の果実が西行の腹を満たしていたのにちがいない。そうは言っても、と現代人としては訝しむ。

唐突ながら、イエスはどうやって暮らしていたのだろう。短い生涯だからいいが、西行は七十三までだ、などとまことに賤しい思いが浮かぶ。西行の出家遁世は物語化され伝説化されてしまった。しかしほんとうの西行は、妻子を別段捨てたということではなく、みずからの行く道をたずねるためであったから、妻子については後々まで心にかけ、豪家にあづけた娘の環境をも思い、そうした結果、妻も娘も、のちに尼僧になったというのだ。一説には子息もいて、その子息はやがて僧侶としても立派になったという。

ところで若い西行の出家遁世については諸説あるにしても、妻子をうっちゃってまで自分の道を追うというのは不自然ではあるまい。それにしても、西行の一生を感ずるに、それとなくであるが、現代風に言えば、マザコンかな、という思いも湧く。父亡きあと、

「たらちねの乳房」によって手塩にかけて育てられたエリート武士でもあったのだ。歌の中で、その母を一首でも読んでくれるかと思ったが、ない。しかし、ある。たとえば花の歌はすべて母像であるといってよかろう。

山家集　雑

30

ほとゝぎす鳴《な》くく〳〵こそは語《かた》らはめ死《し》出《で》の山路に君しかゝらば

西行は二十三で出家、これは二十六歳のときの返歌。
鳥羽院の北面の武士であったが、鳥羽院も出家、したがって中宮の待賢門院（藤原璋子）も出家。おつきの女房堀川も出家して尼となる。四十歳になるかならないかくらいの年齢か。

さて若い西行は、この尼になった堀川の局が西山に住んでいるときいて或る日訪ねたのである。それはさびしい荒れ果てた庵であった。一度二度のことではないようだ。目的は、若気の至りか、末法思想に基づいて、浄土について語りあったものか。中宮つきの局、才色兼備と言うべきだろう。

不在であれば召使に託して歌を残すが、ある時彼女からその返歌があった。

「この世にて語《かた》らひお《を》かんほと、ぎす死出《しで》の山路《やまぢ》のしるべともなれ」という歌。

ここで「ほととぎす」とは西行をさす。わたしの死出の旅路の案内人になってくださいな、ほととぎすさん、あなたにすべて言い残しますから。というほどの含みだろう。その彼女の歌に対する返歌が、この「ほととぎす鳴く〳〵こそは」である。あなたがいよいよ死出の山路にかかるときは、ほととぎすのわたしは鳴きながらかたりますよ、という含み。年上の堀川が今は尼であり、西行が北面の武士ではなく出家僧の身であればこその心の親和であろう。

山
751

31

いづくにか眠《ねぶ》り〳〵て倒《たふ》れ臥《ふ》さんと思《おも》ふかなしき道芝《みちしば》の露《つゆ》

「無常の歌あまたよみける中に」とあるうちの一首。

この歌は西行がまだ若かった頃の歌とみたいところだ。旅のさなか、歩きながら眠り、眠りながらに歩き続ける。そしてどこかで倒れ伏すもよしと思うのであろう。そして、「思ふかなしき／道芝の露」。

道芝というのは、道端の芝草。要するにイネ科の芝であるが、その「露」というのは、涙の比喩といっていい。

道端の芝草だって花は咲く。朝露もかかる。その露がかなしいのである。それが自分自身でもある。歩き続けて漂泊のさなか、いつどこで倒れても不思議はない。それが無常だろうか。

ところで、それを考えるとき、上の句の五七まではいいが、次の「倒れふさんと」は七音、この字余りに、倒れふさんとするほどの思いが残るように感じられようか。この二字の音韻は、重要であろう。そして、「と思ふかなしき」というふうに跨《またが》らせる。

したがってこの読み方は、「倒れ臥さんと思ふ／かなしき道芝の露」となる。行倒れて芝草の露を顔のすぐ前に見るようなことだ。

「いづくにか」というのだから、そのどこかは知らずとも。

山
844

32

谷《たに》の間《ま》にひとりぞ松《まつ》も立《たて》りけるわれのみ友《とも》はなきかと思《おも》へば

そういえば、あの谷間に松の木がひとりで立っていたことだったが、このわたしだけが友であったのでなかったか。というような意味になろうか。ここで「ける」は「けり」の、気付きの助動詞と言うべきもので、過去において気づかなかったことが、ふっといまにしてそうであったかという気づきを、意味する助動詞だ。ああ、そうだったのか、というようにまざまざと過去が今にあらわれてくるのである。

散文で書けば、「われのみ友は…」が文頭に来て、「谷の間にひとりぞ…」が来るのが普通だから、倒置法だけれども。この二文は、切れている。回想の順序であろう。

　このように、旅の途中にみかけた松の木にたいするこのような思いは、わたしたちにもあることだ。西行歌には「思ふ」という動詞が頻用されることも気にかけておきたい。西行はたえず、「思ふ」。つまり、そうすることで対象とつながる。

　わたしだけが、あなたの友だったか、というふうに。

　西行はこのように歌における共感者だろう。

　倭建命《やまとたけるのみこと》が、一つ松に、「アセヲ」（わが兄よ）、と呼び掛けたような孤愁と同じだろう。

山
941

33

晴《は》れがたき山路の雲に埋《うづ》もれて苔《こけ》の袂《たもと》は霧《きり》朽《く》ちにけり

この一首、そのまま読んで、その通りのことだ。晴れそうにない雲がどこまでもこの山路を埋め尽くしている。わたしの「苔の袂」は、「霧に朽ちてしまっている」という。

「苔の袂」というのは、「世捨て人の衣服の袂」。つまり、僧衣の袂。この袂が、すっかり霧のなかに消滅してしまった、というのである。「朽ちる」というのは、木が朽ちる、というのとは違って、「消滅する」という意味だ。

自分の僧衣の袂も、深い霧にのまれてしまって見えない。その見えないままに山路を越えて行く。深山幽谷というわけではなくとも、山は雲に埋もれてしまって、ただ歩く路だけがそれとなく分かる。五里霧中というわけだが、このように僧衣の袂も見えないような山路を西行はいくたび越えて行ったことだろうか。

僧衣の袂と霧とが区別がつかなくなっている。

リアリズムで言うと、霧にぬれて身も寒かろうと思われるが、そんなことはどうでもいい。いま山路をたどっている一人の自分がこの自然の中にいるのはいるのだが、にもかかわらず、消滅してしまったような感覚。

何も人生的に読む必要はないが、この世に消滅してしまったような実感が静かに迫る。音も聞こえない。先も見えない。霧は流れない。

山
960

34

雲かゝる山路《やまぢ》はわれを思《おも》ひ出《いで》よ花ゆゑ馴《へな》れしむつび忘《わすれ》ず

西行の「山家集」上中下あわせて歌数は一五五三首とされるが、いずれも構成は、四季別と雑の篇。春夏秋冬にそれぞれ題詠がまた付く。で、雑の部には、自由な歌が集まるので、雑の篇に思いがけない細やかな歌が隠れている。

この一首は、季節の篇に入りきらないのだろう。いわば「山路」論といったところ。山路とはもちろん山中の路のことで、西行ではもっとも頻度数があって重要な語彙だ。高野山の山路よ、わたしを思い出しておくれというのである。だって花を尋ねて通い、すっかり親しい付き合いになったのだから、われわれは。というような語り掛け。しかも雲かかる山路だから苦労なことだ。これも擬人法というべき。西行ではこのように歩く山路が、一瞬、いのちあるもののように変容する。鳥よ、とでも呼びかけるのなら普通だが、この山路よ、というのである。しかも、わたしのほうは忘れないからね、と念押しする。

西行はこんなふうに、いま山路に立って、雲につつまれながら、一人舞台を踏むのである。彼の後景では雲が過ぎ、春が過ぎ、花が過ぎて、いま見えるどの山もいとおしく思われる。その思いを一人舞台で演じているというように見える。花ゆえ、馴れし、むつびしを、忘れないぞ、わたしは、というように西行がいる。

西行は日本詩人なので、やはり、海やまの詩人である。

山
990

35

潮路《しほぢ》行《ゆく》かこみの艫艪《ともろ》心せよまた渦速《うづはや》き瀬戸《せと》渡《わた》る程

西行の海の歌は瀬戸の海がほとんど。山路にくらべて、海の歌は色彩がちがって明るいが、海は得てではないらしい。

瀬戸とは、狭い門の意味、幅の狭い海峡になっていて干満によって潮の流れが激しい。船に乗ると西行はいつもこのように心配する。

手漕ぎの和船であるから、複数人数（ここは四名か）で艪を操る。和船のオールといったところ。で、「かこみ」というのは何だろう。「水主《かこ》」「身《み》」とでも?

いや、そうではなく、全歌集補注によると、「かこみ」は「周囲」の意味で、長さをあらわすという。艫艪（船尾の艪）は船頭役のかじ取りで、この艪は他の艪よりも長さがある。というわけで、「かこみの艫艪心せよ」（長い艪の船頭・舵手よ、慎重にしてくれ）と西行が言うのは、この船尾で長い大きな艪を操っている「艫艪」つまり船頭にということだ。船尾の艪すなわち船頭さん、その舵手に向かって、心せよ、と西行が言うのである。

速い潮流の渦を見ながら、西行ははらはらしている。艫《とも》の漕ぎ手と一体になって瀬戸を渡る。これから渦の流れが激しい瀬戸ですぞ、と西行が言う。実際に言いはしないのであろうが、もしそう言っていたとなれば、なおのこと西行らしい。同じ歌に、「淡路《あはぢ》島《しま》瀬戸《せと》のなごろは高《たか》くともこの潮《しほ》にだに押《を》し渡《わた》らばや」もある。淡路島の瀬戸の「なごろ（名残り、から）」つまり余波が高くても、この潮時に押し渡ろうぞ、と励ましている。はらはらしながら、自分を激励している感がある。気持ちがわかる。若き日の武人ではあっても、海はまた別だ。しかし、「この潮にだに押し渡らばや」と勇ましいことだ。かなりの波なのだ。

山
1003

36

むつのくの奥《おく》ゆかしくぞ思《おも》ほゆる壺《つぼ》の石文《いしぶみ》外《そと》の浜風《はまかぜ》

二十代後半と知られるが、西行の「みちのく・道の奥」を詠む歌は特に注意したい。いきなり、「むつのく」というような音で書記されるので、訛っているのかと思われようが、そうではない。本来が、「陸奥国・むつのくに」とされるので、これがつづまったのである。意味はいたって平易。陸奥の国の、その奥地をゆかしく思う、壺の石文とか、外の浜の風、などと聞くのでと。

広辞苑によれば、「壺の石文」とは、現在宮城県にある多賀城の碑の古称という。またもう一つは、青森県上北郡天間林村にあったと伝承される古碑で、坂上田村麻呂が蝦夷征討に際して建てた碑という。もちろん十二世紀の西行はこれを聞き知っている。いわば当時の未開地とされる蝦夷の国へのエキゾチスム。

しかしそれだけだろうか。若い西行の最初のみちのくの旅は、歌枕をたずねる漂泊の旅であった。評者に言わせれば、これは当時、北面の武士から出家した一青年にとっては、疑似的な「亡命」の「ゆかしさ《エキゾチズム》」であったと思う。坂上田村麻呂以降まだまだまつろわない異国なのだ。しかもその最前線には遠祖を同じくする平泉藤原氏がいる。ここで言う「外の浜」とは、いわゆる「外ヶ浜」、青森県津軽半島の内浦湾に面した東部のことだ。ここまで「ゆかしく」思っているのが分かる。「ゆかしがる」とは、なつかしく知りたく思うことである。

山
1011

何《なに》となく芹《せり》と聞《き》くこそあはれなれ摘《つ》みけん人の心知《し》られて

いうまでもなく芹は、春の七草のひとつ。たとえば泥田の脇に、あるいは小川のふちに、香りのつよい若葉をつけて生える。摘んで泥土を水で洗うと真っ白な匐枝《ふくし》がまぶしくあざやか。このささやかな、清らな白さ。

西行は歌に多くの植物、草花を詠む。旅先で、隠遁生活の身の回りで見る彼女たちにやさしいのである。歌中に、人よりも頻出するところを見ると、西行にあっては、このように植物一つでも人と同等なのであろう。

「芹」と聞いただけで、芹を摘むだろう人の心がしのばれるというのである。

37

西行の詩心にとって、「芹」という音、名辞が、それを摘む人の心になるのである。つまり、芹の香ばしさとその匍枝の白さが、その人の心となる。現代ではもう自然の中で芹を摘む人もそうはいまい。

ここの「あはれ」は、もちろん、傍から見て、しみじみと共感をおぼえることを言う。情愛も慈悲もある。ここでは、ほんの少し微かではあろうが、この「あはれ」には、寂しさもあるだろう。

ひとり芹を摘む人の心はいかに。その無心はいかに。

ここで、芹を摘む人は、男ではあるまいに。女人となれば、なおしみじみと偲ばれようというものだ。

山
1033

38

われなれや風《かぜ》をわづらふ篠竹《しのだけ》は起《お》き臥《ふ》しものの心ぼそくて

風に起き伏す篠竹をみて、わたしの姿のようだと思うのである。篠竹とは笹竹のことだから、さもありなん。ひとり庵に伏すこともあろう。

この一首は、これも西行歌によくあるように、掛詞が使われる。風は↓風邪であり、そこで、わづらふ、と来て、風に起きたり寝たりする細い笹竹が、心細いと、自分の心をのせる。「伏し」は↓竹の節に重なる。というように縁語。

しかし、いきなり、「われなれや／風をわづらふ篠竹は」という詠い出しで、勝負がついたというべきだろう。「われなれや」、これはひょっとしたらわたしの姿ではないか、という詠嘆疑問。歌で、病気をどう歌うか。

西行歌では、この「風邪」が一つ。中世でももちろん風邪に罹る。他の歌に、「定《さだ》めなし風わづらはぬ折《おり》だにもまた来《こ》んことを頼《たの》むべき世《よ》か」というのがある。

風邪に罹って西行が山寺に帰って来たところに、折り悪しくひとびとが訪ねてきた。快癒したらまた来ましょうとて彼らは帰って行った。その彼らの心を思って、みぎの歌を詠んだ。ここで、「定めなし」というのは、一定でないこと、無常をいうのだが、治ったらまた来てもらいたいとこの世のことゆえ頼むと思うのである。絵になる歌。

山
1039

夕《ゆふ》されや檜原《ひはら》の峰《みね》を越《こ》え行《ゆけ》ばすごく聞《きこ》ゆる山鳩《やまばと》の声《こゑ》

39

この歌の題に「暮山路」とある。

「夕され」とは、「夕さり」つまり夕暮れのこと。西行の旅路の感慨である。夕暮れになったことだ、この夕方の「檜原・ひはら」、檜《ひのき》の生えた峰を越えてゆくと、山鳩つまり青鳩の声がする。その声が「すごい」というのである。

西行がよくつかうこの「凄し」という形容語の意味は、ぞっとするほど寂しく、荒涼としているということだ。

現代語にもこれは生きていようが、西行の「すごく」は、わたしたちにも親しみ深く思われる。

夕暮れ時。檜の林立する峰。そこにただ山鳩の鳴き声である。そこを西行は越えて行くのである。これはただ一息にこうとしか詠めまい。

なお、「夕されや」の「や」の詠嘆がいい。もうこの一語だけで、すごいのである。「暮山路」は、「暮れる山路」とでも読もう。

「越え行けば」というのは、現在進行形でありつつ、同時に、現在完了形でもあろう。山鳩の声が、背後にも残るのである。

山
1052

40

山城《やましろ》の美豆《みづ》のみ草《くさ》につながれて駒《こま》ものうげに見《み》ゆる旅哉《かな》

いきなりこのような歌では困惑だろう。前詞があって、そこからこの歌の契機が分かる。久しく敬愛してきた西住上人と一緒に西国、四国へと渡る旅だったのだが、どうやら西住に妻の病であろうか急に一緒の旅に行かれなくなって、西住と美豆野でお別れしたという事情だ。みず、とは山城のことだから京郊外でのことだろう。

「美豆野→美豆（イラクサ）の」「み・草」に「つながれて」「駒」というふうに、これまでいつも修行の旅の同行《どうぎょう》であった西住が、「ものうげに」に見えるというのである。

しかし、「ものうげに見ゆる旅哉」というのだから、そう思うのは実は西行のほうの憂い。このさき寂しくも一人で四国へと渡るのである。にもかかわらずこの語法には、この「駒」は西住であり、また同行せずとも一緒であろうと思いたい西行の切なる気持ちをあらわしているらしい。語釈では、古代では「水」を「美豆」とも表記して、ミヅなる刺草《イラクサ》の若い葉を馬が食べる、その憂いが感じられる。

ところで、西住という上人はいったいどういう友であったのか。西行の自伝的事実はどうか。若くして西行が兄ともたのんだ同行の法師であった。俗名は源季正という。もちろん出家であるけれど、妻子を都においているというような点からみると、西行のように出家遁世ではなく在家のままの高野山出家僧であったのだろう。歌の友であり、修行の旅の友である。

西行よりも早く亡くなるが、西行はその骨を高野山まで運ぶのであったから、もっとも大事な友であった。

他に、「定《さだ》めなし幾年《いくとせ》君に馴《な》れ〳〵て別《わか》れを今日《けふ》は思《おも》ふなるらん」という歌もある。これは、西行のほうが一人遠くへ旅することとなって、無事に帰って来て再会できるだろうか心もとないという気持ち。前詞に「年久しく相頼みたりける同行に離れて」とある。

西住の生没年が未詳のようであるが、歌の調子からみても、同世代というよりは、兄事するというような親しみ深さゆえに、一回りくらい上であったろうか。「山城の美豆のみ草に」の一首に戻る。せっかくの大事な旅の約束だったのに、キャンセルになった。友は「美豆のみ草につながれて」いる。どうにもならない急用ができたのだ。俗世の急用であるが、いや、「美豆のみ草」とは西行が捨てた家庭でもある。

病む妻ゆえに西行との長旅を断念する西住の思いを、わが身にも思うのである。

山
1103

41

とりわきて心もしみて冴《さ》えぞわたる衣河みにきたる今日《けふ》しも

この一首、今日ようやく念願の衣川を見に来たが、特段に心に沁みる光景であり、寒冷である、というくらいの意味。「冴える」は当時の意味では「冷える」ことだ。衣川は、あえて「河」という字。「みにきたる」は、「見に来た」と「身に着た」とを掛けている。あたかも眼前の衣川を、その衣を身に纏ったような冷える思いだということだろう。この一首には、長い前詞があって、これが謎めく。「十月十二日、平泉《ひらいづみ》にまかり着《つ》きたりけるに、雪降《ゆきふ》り、あらし烈《はげ》しく、ことのほかに荒《あ》れたりけり」と先ずある。若い西行の初度のみちのく紀行、一一四四年の前後、西行、二十六か二十七歳あたり、年は確定できていないが、この前詞だと陰暦十月十二日と、月日が明瞭な記憶。出家してしばらく、歌枕たずねんとてみちのくの旅にでた。蝦夷への関心がもとより鬱勃としてあった。平泉に着いて見ると、この日は猛吹雪だったということだ。あれ荒ぶ吹雪のなかに西行は立つ。

続く前詞は、「いつしか衣河見《み》まほしくて、まかり向《むか》ひて見《み》けり、川《かは》の岸《きし》につきて衣河の城しまはしたることがら、やう変《かは》りて、ものを見《み》る心地《ち》しけり、汀氷《みぎはこほ》りてとりわき冴《さ》へければ」というようにあって、この一首が措かれる。ここのくだりは、平泉入りの猛吹雪の日にただちに衣川に出かけてということではなかった。「いつしか」というのだから、そのうちに、早晩とでもいうべきか、いつであったか、平泉滞在中の或る日に、衣川に出かけて行って、衣川を見たのだと言っているのである。その光景とは。川岸に衣川要塞をまわしてあって、その様子は一風変わっていて、つまり異様であって、「もの」を見る心地がしたというのである（武人らしい目のつけどころか）。ここで、「もの」とは、「物」すなわち物の怪の「物」といっていい。霊妙なる作用をもたらす存在感だ。

で、前詞の最後の一行「汀氷《みぎはこお》りてとりわき冴えければ」ということで、これを取り込んで一首に成る。

十月十二日、という妙にリアルな日付。はじめての平泉入りで、忘れられない日付なのだ。年号ではない。重要なのは月日なのだ。旧暦新暦であれ、十月は冬はじめての吹雪の嵐がやってくるのである。さて、この平泉滞在は一冬をこえることになるのだが、歌に残された自伝的記録はまったく無い。この十月から三月、四月まで、西行はどこでどうしていたのか全く分かっていない。このように西行歌には人生の余白がいくらでも残されたままだ。

この一首、また読み返すと、出家遁世してまもない歌枕をたずねる歌人の発声だとしても、北面の武士の屈強優美な面影が歌姿に「冴え」る。ついでながら「衣河」の河は、白河の関の、あの「河」のように、大河というよりも、国境線の河という含みだろう。

山
1131

西行随想3　西行の花と、円のこと

西行の高野山、空海の真言宗派からいただいた法名が「円位」であった。評釈の中で、この「円位」の名について触れずにすぎてしまった。

歌はみな「西行」あるいは「西行上人」（歌合の作者名）とされているけれども、ときおり、歌の前詞に、「円位上人」とあったりする。ほんの数例。

「上人」とは、「法橋《ほうきょう》上人位」の略とも辞書に見える。学識ある僧侶の位ということだろう。（ロシア文学、トルストイ研究の学匠、法橋和彦さんのお名が、これであろうか。）

さて、わたしはこの「円」のことで、あっと思ったのだ。

「位」のほうはさておいてだが、この「円」はほんとうに西行にふさわしい。この法名を生きるように生きたのかと、円ということばによって西行の歌の本質を言い当てられるように思われたのだ。

西行の名の方は、西の浄土へ行くという行為・希求をあらわすが、これは言われるように先輩であり歌友でもある「西住」にあやかっていそうなことだ。西住のほうはこの世にありながらすでにして西方浄土にあるというような法名だったろう。弟分の西行のほうは修行の途中であり生涯西にむかって旅をして厖大な歌を詠み続けたというような印象だろう。

ともあれまずは、西行があれほど詠んださくらの歌である。花を愛で、漂泊の人生を送った伝説の歌人というようなうたい文句が聞かれよう。

しかし、わたしは、おやっと思った。

あの、あれほど西行に詠われたさくらの花とは、何であったのかと。美の象徴というようなことであったのか。そんな簡単なことであるわけがない。わたしの想像力は動いた。評釈でもちらと触れたが、それは「たらちねの乳房」というような中世和歌では見られない言いざまの、この乳房の円に、花がリンクしているのだろう。西行にあって具体のさくらの花は手にもちおもりのする花房であった。この花房の円は母なる「たらちねの乳房」と連合する。

西行のさくらの歌の桜花は、一瞬にして「たらちねの乳房」であるとすれば、西行の無数とも言うべき花の歌は、みな、どの歌もどの歌も、どのように趣向がこらされていようと、母なる存在の面影であったと思われるのである。逆に言えば、花をあれほど繰り返し

繰り返し、辞世の歌にまでひいてゆくのは、さくらの花を詠むことは、たらちねの母に見られているということだっただろう。どのさくらの花も、みな母として西行を見ているのだ。西行は母なる花（別に言えば、いのちの根）に見つめられた生涯だった。

これはまた無理筋な説得をするものだと思われようか。しかし、西行はさくらの花にみつめられた懐子《ふところご》だったと思えばすべてが分かるだろう。

評釈のどこかでわたしは、西行の「マザコン」という野卑なることばで、たらちねの母へのアンビバランスな感情のことを言ったが、これはいわゆる巷間におけるマザコンではない。西行の生母がどのような母像であったか残された歌からはほとんど知られないが、子供時代を追憶した歌一首に、母の姿が見える。西行の生きた中世の所領地の不安定な過渡期を、夫亡きあと経営をつかさどり、嫡男義清を北面の武士にまで育て上げた女性だ。西行が北面の武士になったときは、母もまだ三十代の初めくらいだったろうか。北面の武士を捨てて出家することで、彼はその愛する美しい母を捨てたのであろう。

いや、論理はともあれ、直感として、わたしには、西行の花とは、母のメタファーと思われるということだ。

あるいは、西行がおなじように熱中して詠んだ月のモチーフも同然だろう。月もまた、母の像とリンクする。この西行の月はかならず満月であり、「円」でなければならなかった。半月とか新月とか、彼の歌にはありえない。月は望月なのだ。またその月が、蓮池を照らすときに、蓮の花がびっしりと咲き誇っていて満月は池に映る隙間がないという歌もステージ論のエッセイでとりあげるが、ここにおける蓮の花もまた、月と呼応するように、はちすの花円なのである。

このように形象連鎖を思うと、さくらの花→たらちねの乳房→月→蓮の花、というようように形象のメタファーが、総体として西行の主題を秘めながら見せてくれるように思うのである。さらにここで、「円」については、「曼荼羅《まんだら》」の、辞書によれば、梵語でmandala,「輪円具足」とも訳されるというが、この曼荼羅の輪円にも重ねられよう。

このように思うと、西行のさくらの花もようやくわたしには分かる。永遠に母なる（女性的なる）ものをあこがれる西行の歌、というように。西行の歌で分かるのは、虫でも草花でも鳥でも、これら小さき者たちへの態度にはまことに女性的な心遣いであろうものが読み取れる。宮中の名のある女房たちのいく人かとの親愛の情、その彼女たちの出家後への心遣いにしても、それは、庵のこおろぎや、鶯や、田の蛙への心遣いと同じなのだ。このような慈愛の心はどこから、と問えば、やはり武門の父ではなく、たらちねの乳房なる母の「円」に発しているだろう。読んだかぎりではあるが、西行の歌に尖った歌は一首も無い。強いてあげるとすれば、若き武人の殺気立つ冴えを残す「衣河」の歌くらいなものだろう。円位という法名の「円」は、西行のもう一つの心の奥の名として、体をあらわしているると言ったらどうだろうか。

42

たぐひなき思《おも》ひ出羽《いでは》のさくらかなうすくれなゐの花のにほひは

この歌は前出の衣川の歌と並び、その続きと言っていい。特別歌としての良し悪しを言うのではない。いかにも出羽（山形）の春の山寺、その香桜を歌う。

前詞には、「又の年《とし》の三月に、出羽国に越《こ》えて、滝《たき》の山と申《まうす》山寺に侍《はべり》けるに」とあって、この「又の年」という意味は、平泉で（？）一冬過ごしたのちに、春三月に、出羽国に山越えしたということだ。「思《おも》ひ出《で》」と「出羽《いでは》」は掛詞。

つまり前出の衣川の歌のあと、一気に、この春三月の山寺の桜へと歌はとび、この中間に何の歌も残されていない。いったい、この三月まで、若い西行はどうしていたのだろうか、さっぱり分からない。北面の武士から離脱したとはいえ、まだ二十代後半の西行である。平泉で、藤原氏が遠い縁戚とは言え、無為に一冬ここで過ごしていたとは思われない。

前詞の続きは、「桜《さくら》の常《つね》よりも薄紅《うすくれなゐ》の色濃《こ》き花にて並《な》み立《た》てりけるを、寺《てら》の人々《く》も見興《けう》じければ」とある。いうなれば山桜であろう。

このように初度のみちのく紀行は、「冴《さ》えぞわたる衣河」から、一気に、「たぐひなき思《おも》ひ出羽《いでは》のさくら」へとつながれる。

評者による物語『郷愁　みちのくの西行』は、じつは、この冬の衣河、そして出羽の山寺の桜、この二首の間の空隙において発生したと言っていいのである。

山
1132

43

磯菜摘《いそなつ》む海人《あま》のさ少女《をとめ》心せよ沖吹《おきふく》風に波高《なみたか》くなる

若々しい歌である。前詞によると、これは屏風絵を見て、詠んだと分かる。実景ではない。前詞に、海の際に「幼く賤《いや》しき者がある」というのだから、まだほんの少女（早乙女）である。「賤しき」というのは、貧しい・みすぼらしい、という意味。侮蔑してのことではない。

海辺で海藻を採っているまだ幼い少女。その少女に、西行の心は、波高くなるので、気を付けるのだよと呼び掛けている。西行の歌は、ここでも分かるように、動詞が頻用される。「摘む」「心せよ」「吹く」「高くなる」というふうに、動詞句によって、情景が躍動する。

絵を見て、このように詠む。当時の屏風絵だから、おもわずその細部に心が惹かれるだろう。庶民の暮らしが見える。まだ十代のさおとめのことゆえ、岩海苔でも夢中になって採っているのだろうか。

そう、伝えられるところによれば、西行には娘がいた。それも自分は若くして出家したので、妻と幼い娘は、娘は豪家に預けられ、のちに母子二人で暮らしつつ、やがて二人とも出家したという。西行は、もちろん、娘が気がかりで、折々に預けている屋敷を訪ねたらしい。

「あまのさおとめ」に、わが娘への想いが重なっていて悪くなかろう。

山
1165

ますらをが爪木《つまき》にあけび挿《さ》し添《そ》へて暮《くる》れば帰《かへ》る大原の里《さと》

44

おやと気がかりだった一首。ますらを・益荒男は、ここでは猟師のこと。「爪木」は焚きつけ用に折ってきた枝。この枝に、木通《あけび》の実がついた蔓を挿しているのである。日が暮れて、猟師が山から大原の里に下りてくる情景だ。まるで絵のような情景。叙景というより、人物画だろう。

爪木に「あけび挿し・添へて」の、この「添へる」というあたりが、おやおや、猟師風情がなんとまあ野趣にとむというか、いや、お洒落なことだと思わせてくれようか。もちろん季節は秋。あけびのあの皮がやわらかい鳩羽色に変容した魅力的な実が柴木に添えられている。家の子へのお土産か。

俄然、十二世紀の大原の山里が眼に見えるようだ。西行はここにも草庵を結んでいたことがあったのだろう。大原の里の歌は幾つも連作がある。

この歌と並んだ、もう一首もあげておく。

「山風《やまかぜ》に峰《みね》の笹栗《さゝぐり》はら〳〵と庭に落《お》ち敷《し》く大原の里」とある。大原の里の地誌が見えるのではあるまいか。山の峰には笹栗の木々が自生しているのである。笹栗は「小栗」のことで、俗に柴栗。実がとても小さい。この柴栗の落ち葉が山風に吹かれて来て、庭に散り敷くのである。空からいくらでも飛んでくる。では、この庭は誰の庭か。言うまでもなく西行のわびしい草庵の庭である。

山
1215

いとほしやさらに心の幼《をさな》びて魂《たま》切《ぎ》れらるゝ恋もする哉《かな》

45

おやおやと驚くのは、「山家集」の下の雑に、題して「恋百十首」が並ぶ。どれもこれも気持ちは分るが、西行のまことのことではない。描写の一つでもあればいいが、もっぱら観念的な嘆き。山里の人の語るのを聞いてか、代わりに詠んでさしあげたかというようなものか。百十首も、詠んでも詠んでも、恋の苦しさの思いが口説かれるだけだ。

そのなかで、この一首などはまっすぐに述べられていて気持ちがよい。

いや、西行自身が恋をしてのことではないが、幼な心になる心の機微は西行の

ものだろう。隣に並ぶ歌に、

「君慕《した》ふ心の内《うち》は稚児《ちご》めきて涙もろくもなるわが身かな」とあって、この「わが身」というのは代筆の詠みをはみ出して、西行は自分のうちなる子供らしさを言うのである。ここで、「君」というモデルをと言えば、さしずめ西住法師とみてもいい。

「恋ふ」の一義は、異性への思い焦がれのことだが、これは、事物へも拡大される。故郷が恋しい、懐かしいとか。

「魂切れらる、恋」の具体性を詠むには、西行歌では無理だろう。朝廷歌人向きである。西行は分かっている。

山
1320

46

岩《いは》の根《ね》に片面向《かたおもむ》きに並《な》み浮《う》きて鮑《あはび》を潜《かづ》く海人《あま》の群君《むらきみ》

西行の海にまつわる歌は、山の歌、山里の歌とならんでもひけをとらない。海の光がある。この歌は、崇徳天皇が流されて死んだ四国讃岐に鎮魂の旅をしたときの歌のようだから、五十に入ってすぐの頃か。漁人《あま》、潜女《かづきめ》というように海人・海女の光景だ。（岡山県玉野市）渋川の浦あたりから瀬戸内海を渡る。

沖の岩根に潜って鮑をとる海人。その海人は「群君・村君」だというのだから、漁師の長ということだ。この歌のよさは、その潜くさまを「かたおも・むきに・なみ・うきて」という描写だろう。三十一文字の枠の中で、潜る描写に七・五音を惜しみなく使う。まるで熟練海人の顔が見えるように。

この同じ旅の叙景歌には、その歌の中に、物尽くしとでもいうべきか、「磯菜《いそな》摘《つ》まん今《いま》生《を》ひ初《そ》むる」と読みだして、下の句がすべて海藻尽くしの名をあげて言うには、「若布《わかふ》海苔《のり》海松布《みるめ》ぎばさひじき心太《こころぶと》」とある。「わかふ・のり・みるめ・ぎばさ・ひじき・こころぶと」と一首を皿にして海の幸を名だけ盛り付ける。

磯菜は海藻。ぎばさは海面に流れる長い褐色藻で、馬尾藻とか、ほんだわら。心太とは海藻の天草。一首中にこれだけの名を列挙する。事物をして言わしめよ。これは二十世紀ぶりの詩法だろう。歌もまた、ときとして、自然物にかなわないことを西行は知り抜いている。

山
1377

年経《としへ》たる浦《うら》の海士《あま》人言問《ことゝ》はん波を潜《かづ》きて幾世《いくよ》過《すぎ》にき

47

西行の歌の面白さは、みそひともじの小舞台で劇をみせることだろう。そのために前詞が機能する。この一首も、「新宮より伊勢の方《かた》へまかりけるに」云々とある。その時、みき島という浦に舟の仕事をしている浦人に出会う。黒い髪ひとすじもなきほどに真っ白だった。これを呼び寄せて、この歌を詠んだというわけである。頭が禿げてしまっていたというのではない。まるで筆談のようではないか。あなたは海に潜って何年になったのかと訊くのである。これが西行だろう。

熊野の新宮から伊勢への戻りというのだから、西行は那智の滝での修行のあとであったか。西行は特に海人が好みのようだ。この海人は、すでに「年経たる」と詠まれているのだから、わざわざ年齢を訊くまでもないことなのに、訊いてみる。というふうに歌を劇化する。

　ならべて同じくもう一首がある。

「黒髪《くろかみ》は過《す》ぐると見《み》えし白波を潜《かづ》きはてたる身には知《し》れ海人《あま》」というふうに、これはまた西行のもう一つの台詞、独白といったところ。黒髪と白波を対比する。「潜《かづ》きはてたる／身には知れ海人」と独白でなく言われても困るというものだ。

　しかしこれはその海人に対する友情のような気持ちがあふれた言い方だろう。西行自身、もう残った髪はとっくに白いのである。

山
1397

48

並《なら》びゐて友《とも》を離《はな》れぬ小雀《こがらめ》のねぐらに憑《たのむ》椎《しゐ》の下枝《えだ》

「小鳥《ことり》どもの歌《うた》よみける中に」という題で。

これはいい歌。西行でなければこうは詠めまいに。貴族たちの美学では無理だ。

「コガラ」はシジュウカラより小形で、十二雀というようだ。「こがらめ」の「め」は、「奴」ということか、指小形だろうか。

このコガラたちが並んでいて、みな友達と一緒、ねぐらには、椎の木をいうのだから、眼に見えるような情景。「ねぐらに憑《たのむ》」ということの漢字表記もすてがたいものがある。ねぐらは椎の木の下の方の枝だというのも観察が行き届く。

浄土の小鳥もかくやあるらんという気持ちだ。

西行歌は例によって、コガラたちとの視覚的対話が聞こえる。こちらでは西行が見ている。したがって、これもまた小さなステージ。

同じ歌に、「声《こゑ》せずは色濃《いろこ》くなると思《おも》はまし柳の芽《め》食《は》む鶸《ひは》の村鳥《とり》」がある。ヒワは金翅雀、マヒワとかカワラヒワ。鶸の羽毛は黄緑色であるから、柳の色といっそう色の相乗効果がある。「村鳥」は、村の鳥というのではなく、「群鳥」のこと。

鶸たちは鳴かずに柳の芽をついばむのに夢中。現代詩ならばこれをどう書けるだろうかと思わずいられまい。マヒワの詩が書けるだろうかと。

山
1401

49

波《なみ》に敷《し》くもみぢの色を洗《あら》ふゆゑに錦《にしき》の島《しま》といふにや有《ある》らん

歌として別にとりたてていうことはない。「錦の島」という謂れについて独白というあたりか。しかし捨てがたい。波に敷く・もみぢの色を・洗ふゆゑに、というこの一字余りを措くあたりが、捨てがたい。波にもみぢがたゆたっているのが調べから感じられる。

で、この一首にはちょっと不思議な前詞がある。「伊勢《せ》の磯《いそ》のへぢの錦の島に、磯《いそ》わのもみぢの散《ち》りけるを」と説明。

音で表記すると、「イセノ・イソノ・ヘヂノ・ニシキノ・シマニ、イソワノ・

モミヂノ」というようなたたみかけの音が聞こえる。

これは旅愁、歩行のリズムだろう。ところで、「伊勢の磯の」まではいいが、「へぢ」とは何だろう。「へ」は「海辺」のことだ。で、「ぢ」はけだし、「路」のことか。となれば、伊勢の海辺のいりくんだような路ということだろう。さらに、「磯わ」の「わ」は、めぐることの意味だから、磯回、海辺に、ということになろうか。


西行の旅の歌には、よく前詞が大事だ。

この伊勢の旅の一首のすぐとなりには、脈絡もないようなことだが、いきなり、みちのくの旅、平泉の歌が、並べられている（「山家集の下」）。

時系列で言えば、伊勢の羇旅《きりょ》歌は、この平泉の歌のあとが普通だろうと思うが、編集はそうはなっていない。ずっとのちの伊勢の旅が先に出ているのである。いったいどういうことだろうか。

で、平泉の歌は、「聞《き》きもせず束稲山《たわしねやま》のさくら花吉野《よしの》のほかにかゝるべしとは」と詠まれている。前詞には、「陸奥《みち》の国《くに》に、平泉《ひらいづみ》に向《むか》ひて、束稲《たわしね》と申す山の侍《はべる》に、異《こと》木は少《すくな》きやうに、桜の限り見えて、花《はな》の咲《さ》きたりけるを見《み》てよめる」というのである。

平泉の北上川対岸に東稲山《たばしねやま》があって、全山桜で他の木はなく、花は満開なのである。これは、若き日の西行が初度の平泉紀行のさい、越年した春に見た東稲山の桜だった。二度目の六十九歳のみちのくの旅は、夏から秋で、葉桜だったのだ。

どちらの旅が先だったのか。伊勢が先だとすれば、この通りだが、みちのくが先だとすれば、並べ方は、海やま、の順ということだったのか。

山
1441

西行随想4　ステージ論

評釈のうちで述べたけれども、「ステージ論」とはいかにも大げさ。しかしわたしは鬼の首をとった気持ちになった。西行の歌は、一首一首がみなそれぞれのステージになっているのだと、興奮した。STAGEとは、舞台のことだ。つまり、西行歌は、一首がみな舞台なのだ。その三十一文字という極限的な音声言語の小宇宙で、舞台をつくっているのだと。しかしこれは当たり前のことだろう。詩も歌も、STAGEの場。

歌人が意識的に一首をステージ化するとはどういうことか。歌には、詩でも同じだが、作者の一人称とか、君の二人称とか、彼の三人称とか、みなステージにあがって演じうる。しかし、人間人称形だけでは、人事のことしか歌えない。もちろん心はそこでも歌える。それだけでは不十分なのだ。詩も歌も、自然や世界に開かれて親和するものだからだ。

西行の歌は、人称を、事物にも身近な鳥や虫にも植物にも、山にも川にも海にも、付与してステージにあげる。これが西行の歌の意思《たくらみ》だろう。歌が一人称のわたしだけで成りたっているほどつまらないことはない。そうですか、と言うしかないではないか。ところが西行歌は、人間人称形を他物にも与え、ときにはそれらが主人公にさえなる。そのような回路で「わたし」をも表わす。そのさいの西行の手法の一つは、擬人法。パーソニフィケーション。たとえば西行では、泥田の蛙の笑顔を見て、彼がその蛙にもなるのだ。

西行の全歌とまではいわないが、西行のステージ歌はそういう絵になっている。作者の「わたし」がいて、同時にそのステージには二人称、三人称、複数人称形が登場する。

比喩的に言えば、西行の一首一首においては、そのステージに、かならず西行の一人称形は上手《かみて》(観客から見て右側)から登場して、いつの間にか下手《しもて》へと立ち去る。ステージはこうして、残った登場者たちの情景となる。そこで演じられる。わたしたちは西行の一首一首から、その小劇を見るだろう。三十一文字の、上の三句、下の二句、じつはこれらが科白《せりふ》だったということが分かる。

というわけで、今回のわたしの「評釈」に選んだ西行歌は、ほとんどがそういう構造になっている。一首の歌がステージ化されるためには、その叙述の基本が、描写であることが必要だ。で、描写とは静止的ではなく、動的であるということだ。つまり、叙述が動詞でなされる。行為の動作が見えないといけない。西行歌におけるこの「動詞性」は、おそらくは彼が多くの修行をした武人の武芸感覚によるのだろう。ここで、評釈で取り上げたのとはちがう、ステージ歌とは一見みえないような歌を例にあげておこう。

「浪越《こ》すと二見《ふたみ》の松《まつ》の見えつるは梢《こずゑ》にかゝる霞成《なり》けり」

これは伊勢の二見の浦の庵から望む情景。海の波、松、霞、この情景での錯視感。三人称の波、松の梢、霞、というような登場人物だ。西行の一人称は、下手にちょっと立っている。浪・松・霞のステージとでも言おうか。

「鶯《うぐひす》は我を巣守《すもり》に頼《たの》みてや谷《たに》の岡《をか》へは出《い》でて鳴《な》くらむ」

これは春の歌。「我《われ》」といきなり西行自身の一人称が登場する。脇役は、鶯。いや、こちらが主役だろう。わたしを巣守、つまり鶯の巣の留守番役に頼んでおいて、谷間の岡で鳴くために飛んでいく、というステージだ。このステージでは、西行の一人称の声、科白が、独白が聞こえる。これが鶯と呼応する。これが西行だろう。大きな人間人称と、三人称形の小さな鶯。

「思《おも》はずにあなづりにくき小川《こがは》かな五月《さつき》の雨に水まさりつゝ」

夏の五月雨《さみだれ》の歌。詠み手の一人称が「あなどりにくい小川だ」と呟く。渡ろうとしたが、意外にもあなどりにくいぞ、と。その声で、三人称の小川はステージを流れるだろう。五月雨で増水しているのだ。このステージは、三人称の小川との親和が演じられている。

「おのづから月宿《やど》るべき隙《ひま》もなく池《いけ》に蓮《はちす》の花咲《さ》きにけり」

ついでに、蓮の花の歌。照らすという本来的なる月が、池に映る隙間もなくびっしりと蓮の花が咲いている、というのである。これは蓮の花のステージ。大勢の蓮の花たちの登場だ。月はといえば、池を照らせない。この月光のステージでは、池に咲き誇る蓮の花たち。空には月。一人称はここにいない。いないが、舞台の袖《そで》で、一人称形の西行が、このように独白しているという構図。

「分《わ》けて入《い》る庭《には》しもやがて野辺《のべ》なれば萩の盛《さか》りをわがものに見《み》る」

ではもう一首、萩の花。このステージは西行の草庵。一人称、モノローグの舞台。西行は荒れ庭の草を分けて、といってもこの庭がつまり野辺なのだから、盛りの萩がいっぱいで、この野辺ぜんぶが自分の庭のように思うと、独白するのである。

まず、チェーホフの「桜の園」であったら、「園」とは「庭」の意味だから、あれもまた即野辺続きだったのだ。万年学生で夢想家の変人《チュダーク》ペーチャが独白すれば、このようになろうか。この庭が、この野辺の萩の花がわたしなのです、とでも言うように。この一首を舞台にかければ、動詞句による行為がありつつも、すこし強い幽玄とはなるだろう。

聞書集他拾遺

50

山ざくら頭《かしら》の花に折《を》り添《そ》へて限《かぎ》りの春《はる》の家《いゑ》づとにせん

いかにも西行であろう。題して「老人翫花」とある。老いたる人が花をもてあそぶ、ということだが、「翫ぶ」とは、慰めに愛でること。

山ざくらの枝を、白髪もしくは禿げかけたる頭に添え挿して、「限りの春」つまり最後の春、見納めにもなるかもしれないので、家へもちかえる土産にしよう。というほどの意味だ。山ざくらの花と、自分の「頭の花」。白髪もまた花なのであろう。

桜数奇《すき》、桜好きの西行ならではの、ややも諧謔ある子供らしさか。

「家づと」というのは、今日で言えば、桜の花枝のテイクアウトである。「苞《つと》」というのは、苞納豆というように、藁などで包むこと。白髪の頭に山ざくらの枝を挿して、庵に持ち帰るお土産である。庵の経机、硯のかたわらにでもおこうか。

評者のわたしならば貧し気なブレザーの胸ポケットか、あるいは白髪の、耳にか。

西行の春は、いつも、最後の春と思えばのことである。ところで、西行の桜は、山ざくら。吉野山のことだろう。これは濃厚にしてみやびな色であるだろう。はらはらと散る白い花ではあるまい。

聞58

（聞＝聞書集）

51

春《はる》ごとの花《はな》に心をなぐさめて六十余《むそぢあま》りの年《とし》を経《へ》にける

これが西行だと言ってみたいものだ。わたしでもあなたでもこれなら詠めるのではないだろうか。何も歌を、いわゆる「芸術」にしないでもいい。

西行は一一七七（治承元）年に六十歳。

このわずか四年続いた治承は、元年に平清盛が福原で千僧供養（千人の僧を招き斎食を設けて行う供養）を催しているが、西行はこれに招かれている。歌にもある。この二年後に、平清盛は後白河法皇の院政を停止する。

そして治承四年、六十三歳の西行は伊勢に赴き、伊勢神宮（外宮）の庇護をえて二見浦に草庵を結ぶ。この年、源頼朝が伊豆で挙兵。

この翌年二月、平清盛死去。（目崎徳衛『西行』吉川弘文館、年譜から）

このように西行の六十歳代はふたたび動乱期に遭遇する。

このような単純な歌でいいのかと思われようか。しかし、歌の心はこのようなことであって、まずは述志。美学はそのあとから。で、この歌のまえにおかれた一首がさらにいい。

「花よりは命《いのち》をぞなほ惜《を》しむべき待《ま》ちつくべしと思《おも》ひやはせし」とある。「待ちつく」というのは、待ちに待って目的の時に会うという意味。命をこそ惜しんでその時に会いたいと心を馳せるのである。花から離れてのことだ。

52

たらちねの乳房《ちぶさ》をぞけふ思《おも》ひ知《し》るかゝる御法《みのり》を聞《き》くにつけても

この不思議な一首は、いや、出家僧であれば不思議はないのだが、すこしすこし今で言えば、「乳房」の字がまざまざと思われることだ。実はこの一首をふくむ三首には、「論文」という題が付いている。

で、この「論文」とは、空海が重要視したとされる真言密教の「即身成仏」の奥義が記された「菩提心論」という。わたしはさっぱり詳しくないので言えないが、母から生まれたそのままの身で、すなわち成仏、つまり悟りを得て仏になるということであったろうか。

この「たらちねの乳房をぞ」の歌の小題は「若人求仏恵文」。一首の意味は、有難い仏法をきょう聞くにつけても、母のありがたみを思い知らされるといったところか。「垂乳根」にすでに「乳」が入っているのに、さらに、「乳房」という必要もなさそうだが、西行はあえて措く。「母」が見えるよりも「乳房」が（「根」《ね》には女性の根源性への敬いの意があるという）見える。

西行のこのような教義のモチーフやら地獄絵図などをモチーフにした歌はどれも月並みだ。悟りについても、「行きて行かず行かでも行ける身になれば」など言っているが、悟らぬでも同じと聞こえよう。老いにいたって、いまさらに「たらちねの乳房をぞけふ思ひ知る」というあたりが西行だ。

聞
143

53

竹馬《たけむま》を杖《つゑ》にもけふは頼《たの》むかな童遊《わらはあそ》びを思《おも》ひ出《い》でつゝ

「嵯峨に住んで、戯れに詠んで」と前詞にあるところをみると、六十九歳のみちのくの旅から帰っての時期。七十歳の西行がここにいる。伊勢を離れて京の嵯峨野に移って来た。庵の庭にでもあったか、子供らのおき忘れていった竹馬を、杖代わりにして歩き、子供時代が思い出される。これを戯れ歌とは言われまい。竹馬の竹を杖というのも可笑しい。この連作には、幾首も興味深い歌がある。

「昔《むかし》せし隠《かく》れ遊《あそ》びになりなばや片隅《かたすみ》もとに寄《よ》り臥《ふ》せりつゝ」

「篠《しの》ためて雀弓《すずめゆみ》張《は》る男《を》の童《わらは》額《ひたひ》烏帽子《えぼし》のほしげなるかな」

「我もさぞ庭《には》のいさごの土遊《つちあそ》びさて生ひ立《おいた》てる身《み》にこそありけれ」

かくれんぼ、小さな雀弓遊び、砂遊びなど、老西行は庵に夏の昼寝をしていて、おかっぱの童子が吹く麦笛におどろかされる。これまで決して詠わなかった子供時代の郷愁をふと漏らしたというところだ。それがいまや七十である。

もう一首、「昔《むかし》かな炒粉《いりこ》かけとかせしことよ衵《あこめ》の袖《そで》に玉襷《たまだすき》して」

これは童子佐藤義清が、公卿の着るような衵（単衣の上に着る中着で、脇が開いていて、その上に上衣）姿に襷をかけて、炒った米粉をかけよ、とかせよと言われて、こがしをこしらえている情景か。紀ノ川の田仲の庄の屋敷での「昔かな」である。お手伝いをさせられている。おそらくは、たらちねの母によって。

54

蓴《ぬなわ》這《は》ふ池《いけ》に沈《しづ》める立石《たていし》の立《た》てたることもなき水際《みぎは》かな

この一首、嵯峨で老いの身について「戯れに」詠むと前詞にある歌。おやおやという感じ。西行らしくないとでもいうように。

ぬなわは、夏のジュンサイのこと、ぬるぬるした若芽若葉が食用として珍重されよう。そのジュンサイがふんだんに這っている池に、立形の庭石が立っている。それがまた池の水際にである。これじゃ、どうみても、立てる意味もないようなものだと、西行は思う。でくのぼうみたいな石だ。

戯れにそう読むのだが、「水際」は、「身」と「際」とを掛けているので、その含みは、この庭石のように、とりわけて才もない自分だというふうに解釈される。

さて、どうであろうか。西行全歌のなかで、このように歌うのはまれである。ジュンサイ池の役立たずの立石と同じではないかこの自分は。というふうに、この池のほとりに立って、かたわら水辺にある立石に語りかける。

いけにしずめる・たていしの・たてたることもなき、という調べに秘密がある。いま戯れにではあるが、冴えない庭石、それも池に沈められて若々しいジュンサイたちに負けている自分。そういうような自分であるなあと思うのだが、「立てたることもなき」という調べの否定性は、立てた意味のないではないかと言いながら、いや、そんなことはない、と言うのに等しいと聞こえる。

聞
177

55

あはれみし乳房《ちぶさ》のことも忘《わす》れけり我《わが》かなしみの苦《く》のみ覚《おぼ》えて

いきなりこの一首では戸惑うかも分からない。これは「地獄絵を見て」と題がある連作。六道絵。六道とは地獄・餓鬼・畜生・修羅・人間・天、の六道。衆生は善悪の業により赴く迷界《めいかい》という。この世界を描いた浄土教の絵のこと。いわゆる地獄絵草紙など。いま、西行はこの地獄絵をみて、信仰啓蒙的な歌を詠んだということだ。浄土の教えがこのようなかたちで庶民に刷り込まれた。

「あはれみし乳房のこと」とは、優しかった母のこと。その乳房も忘れるほどに罪の業火によって苦しめられているというのである。しかし、さほど迫力実感がある歌ではない。「あはれみし乳房」だけがよい。

浄土教の宣伝のような詠みぶり。たしかに、子供のころにこのような地獄絵を見たら震えあがり、忘れられない。

この歌とならんで、今度は父親に触れる一首があるので引く。

「たらちをの行方《ゆくへ》をわれも知《し》らぬかなおなじ炎《ほのを》にむせぶらめども」という歌。

この「垂乳男《たらちを》」は「垂乳女《たらちめ》」と対になることば。生みの父親のことだという。

いま自分と同じように父は、どこにいるか分からないが、同じような業火にむせんでいるだろうに、というのである。ちらとではあるが、西行の父像が浮かばぬでもない。武人もまた業火に焼かれるのは必定だから。

死出《しで》の山越《こ》ゆる絶《た》え間《ま》はあらじかしなくなる人の数続《かずつゞ》きつゝ

56

前詞によれば、「世《よ》の中《なか》に武者起《をこ》りて、西《にし》東《ひむがし》北《きた》南《みなみ》、軍《いくさ》ならぬ所《ところ》なし」云々と、一体何事の争いであろうかと、憂いている。死者の数夥しいと耳に届くからである。これは西行六十代に入って、源平合戦についての感想。「武者起りて」というのは、武家棟梁たちが挙兵したこと。西行はすでに高野山を離れて伊勢に移っている。「あはれなることのさま」だと西行は書く。

動乱の世の戦批判について歌に詠むのは珍しい。わずかに三首あるのみだ。「沈《しづ》むなる死出《しで》の山川《がは》みなぎりて馬筏《むまいかだ》もやかなはざるらん」という歌もだ。

これにも長い前詞がある。訳せば、たくさんの武者たちが群れて死出の山路を越えるので、山賊も手が出せないくらいだ。このように揶揄したような宇治川合戦について批評。聞いたところでは、馬筏を組んで渡河したというが、さて西行の歌では、この三途の川は水があふれて馬筏でも渡れまいほどだ、くらいの批評。流れが速く三途の川も馬筏ではどうにも渡れないだろうという批評も痛烈。

もう一首、「木曾《きそ》人は海《うみ》の碇《いかり》を沈《しづ》めかねて死出《しで》の山にも入《い》りにけるかな」というふうに、「木曾《きそ》と申《まうす》武者死《し》に侍りけりな」と言う前詞をつけて、木曾義仲死去について詠む。ここでは「木曾人」という皮肉をこめた呼び名にしている。このようなわずか三首でもって、西行は武者の所業のあわれを見ていた。

聞
225

57

山川の波《なみ》にまがへる卯花を立帰《たちかへ》りてや人は折《お》るらん

これは夏の歌。題は「水辺卯花」。

西行の自然詠は、このようにだれにでも、比喩もなく本歌取り的な衒《てら》いもなく、ただそのまま情景、対象、心的ながれを言うことだろう。山川とは山中を流れる川のこと。卯の花が真っ白に咲いている。山川の波のように間違えるくらいだ。人はおやおやと思って、通り過ぎて後、もういちどその場所に戻って卯の花を折ることだろうと思うのである。「人は」と言うように一般人称で言うが、これは西行そのひとも含む。「卯の花」から「波」へ、波は「立つ」へ、というように、これは現代的に言うと、部分換喩、メトニミーである。中世なのにこんなシンプルな部分換喩が用いられている。

もう一首、夏の歌の自然詠のシンプルな見本は、五月五日の菖蒲の花について、こう歌うのである。「五月雨《さみだれ》の軒の雫に玉掛《か》けて宿《やど》をかざれるあやめ草かな」

五月雨、軒、雨しずく（玉）、宿、あやめ草（菖蒲の花）。自然詠はこのように事物点景だが、ここに「宿」と措くことで、際立つ。つまり人が見える。宿とは、ここでは西行の草庵であってよかろう。では誰が五月節句の菖蒲の花をかざりおいたのか。これまたおとどけもので、西行その人だろう。西行の生年は記録で分かっているが、生年の月日は不詳。

板4

（板＝六家集板本）

58

物思《おも》ふ寝覚《ねざ》めとぶらふきりぐ\す人よりもけに露けかるらん

西行の虫の歌は他にも引いたところだが、この歌のきりぎりす（コオロギのこと）もしみじみとする。朝の眼ざめの時、あれこれと過ぎしことを思い出し、物を思い、時としては切なくて涙が出そうにもなる。そこにコオロギが「とぶらう」つまり、見舞いにそばにやってきて、ころころと鳴く。そこで西行は、お前のほうが人よりも「露けし」つまり涙っぽいね、と思うのである。「けに」というのは、異《け》に、とりわけて、ということだ。

朝の悲しみを秋の夜明けのコオロギがそっと枕辺にやってきて鳴いてくれるの

である。泣く。西行の心の代わりにとでもいうように。

草庵の暮らしといったものは、このようにコオロギなどがちょこちょこと自由に「とぶらい」できる。中世のことである。庵といい、衾（夜具）といいどんなに寒かったことか。

同じ対の歌に、「ひとり寝《ね》の寝覚《ねざ》めの床《とこ》のさ莚《むしろ》に涙もよほすきりぎりす哉《かな》」が見える。こちらのコオロギの鳴き声は涙を誘うというのである。「さ莚」の「さ」は美称。とは言っても、莚は莚で、藺草とか稲わらで編んだ敷物であるから、まことに質実なものだ。コオロギのほうが贅沢なくらいだろう。寝覚めの友は、このコオロギなのだ。今朝もまた同じコオロギであったろうか。

板11

有乳《あらち》山さがしく下《くだ》る谷《たに》もなく樏《かじき》の道を作《つく》る白《しら》雪

59

なぜこの歌を採るか。有乳山↓白雪。

「有乳山」の名に惹かれてではあるまいに。これは歌枕にも見える愛発《あらち》山の古名。万葉集にも見えるという。

「雪の歌《うた》よみけるに」と題してあるので、雪の風景である。

この山は、滋賀と福井の境界となる山で、山越えに七里半という。西近江路。

西行はこれを想像で詠んでいるのではなく、実際に越前へと旅したときのことであろう。「さがしく（険しく）下る谷もなく」というのでそうと知られようか。

この山道を越えれば豪雪地帯の越前だ。

「かじき」は「かんじき」のこと。当時はもちろん藁沓《わらぐつ》をはき、そのしたに蔓編みした楕円形のかんじきをはかせる。そして雪の上にどこまでも、美しいかんじきの足あとが残される。

「かじきの道を作る白雪」とあるのに注意。

雪上にかんじきの足跡ができるのを、まるで白雪がその足跡の道を作っているのだというように言うのである。人がその道を作るのではない。雪そのものが作るのだというように。こうして、「雪の歌」というのは、雪が主人公ということになる。まして「有乳山」である。白雪は女性名詞だろう。

板14

60

逢《あ》ふことを夢也《なり》けりと思分《おもひわ》く心の今朝はうらめしきかな

西行には「恋」の歌がやまのようにある。みな、仮想的な恋の題詠といったところで、彼の異性的なる現実にありえた恋とは言われまい。問題は、その「恋」を歌うという想像力。

この一首は「夢会恋」という題。恋人と逢ったのもあれは夢だったのかと、分別するこの朝は、うらめしいことだというつぶやき。別にとりたてて言うこともないが、夜から朝へ、その夜の夢幻の思いの流れがいい。あまりにも恋の題詠が多くてあげていられないが、もう一首かわったモチーフをあげておこう。

「わが恋《こひ》は三島《みしま》が沖《おき》に漕《こ》ぎ出《い》でてなごろわづらふ海人《あま》の釣舟《つりぶね》」という歌。題して「知《し》らせて悔《くや》しむ恋《こひ》」というのである。

自分の恋心の波を海人の釣舟にたとえているが、「海人」と出てくるとついつい西行の海の旅路が思い重ねられる。「なごろ」は、「名残り」由来のことばで、風が収まっても波がまだまだ高い余波。釣舟のように恋の波にゆさぶられているのである。摂津の三島浦といった地名におそらく威力がある。風景躍如。

かと思えば、「雪中恋」と題して好ましい思いの歌もある。「君住《す》まば甲斐《かひ》の白《しら》根《ね》の奥《おく》なりと雪踏《ゆきふ》み分《わ》けて行《ゆ》かざらめやは」というように、今で言うと南アルプスの山奥まででも雪漕いであなたを探して行くぞという。これが西行の心。

板16

61

咲《さ》きそむる花を一枝《ひとえだ》先折《まづをり》て昔《むかし》の人の為と思《おも》はむ

西行らしいまっすぐな一首。

ようやく咲き始めた山桜の花を、これは吉野山だろうか、花ばかりどれほど詠んできたことか、ああもこうもと花に心を送り入れて歌ってきたが、ここは、ただしめやかな思いを一息で述べるのみ。

「花を一枝」「先折て」、この、「まず、おりて」の呼吸の一拍がいい。

こうして一枝を折るのだが、これは亡き人の俤《おもかげ》に手向けようと思ってのことである。

ここで分かるが、西行は、まず、動き・行為があってのち、思いが来る。まず出家を断行する、そのあと、思いが来る。その思いに一生をかける、というように。

出家の後、西行はここまでどれほど多くの知己の死に出会い、その死を歌で悼んできたことか。ここは、心の悲しみを言うのではなく、桜の花一枝を折らせてもらうその思い。ここまでどれほどの春の花に出会ってきたことか。その花の色に染められた心を、いまは、一枝によって手向ける。

これが西行の所作とでもいうべきか。

西12

（西＝西行法師家集）

62

山路分《わ》け花をたづねて日は暮《く》れぬ宿かし鳥の声も霞《かすみ》て

ここもまた吉野山を分け入って、花に会いに行くのだが、もう日は暮れてしまうのである。山では「宿かし鳥」つまりカケスの声もかすんだように聞こえる。深山の気配。さて、宿かし鳥、カケスは他の声をまねて鳴く能力があるけれども、樫《かし》の実が好物で、蓄えるということから、「樫鳥」とも言われる。別に宿をかすわけではない。

この一首は平明そのもので、その調べが一息で心に入ってくる。

わたしは、「山路分け　花をたづねて　日は暮れぬ」というようないわば唱歌にも近い西行をみて、ほっと溜息をつく。

こうしてまた西行はおそらくさらに山路を分けて下山するのか、あるいはまた桜の木の下で一夜を明かすのだったろうか、その時の思いとは何かと夢のように思われる。まさかこのようにして即身成仏の悟りが得られようとも思われないが、しかし、一瞬にしてそのような幻覚に至りつくというようなことがあってもよいのではなかろうか。宿かし鳥がこの世との最後のつながりだというようにも感じられる。草庵を出て、寺でも、都でも行こうなら、それはにぎにぎしいが、そこはすべてが人事のるつぼであろうか。いま山路分けて花をたづねて日が暮れるまでが至福の時でもあっただろう。

西17

西行随想5　新古今と西行歌

「全二十巻。万葉調・古今調と並んで、三歌風の一典型を作った勅撰和歌集。俊成は余韻・余情の世界を統合して幽玄の世界をうちたて、定家は幽玄の世界を分析して有心を設定した。現実の暗さから逃れるために自然観照へと集中しその技法は極限までに達した。連歌や、芭蕉に多くの影響を与え、芭蕉の「わび」もこれを起点としている。」（『新訂　新古今和歌集』佐佐木信綱校訂・岩波文庫）というようにこの文庫本表紙に宣伝文がある。

この三つの命題は明快だ。万葉・古今・新古今、この三つの詩論についても明確だ。俊成の幽玄。息定家の有心、そして現実の暗さから逃れる道として自然観照とそのための技法。さて。わたしはこの第八代目の勅撰和歌集である新古今和歌集のなかに選ばれている西行の歌をたずねた。全部で九十四首。決して少なくはない。

この新古今は、元久二年三月二十六日に撰進（詩歌など集めて天皇に奉ること）したという。一二〇五年のことだから、西行没後（一一九〇年、七十三歳）一五年のことだ。後鳥羽上皇をはじめ定家など五人の選者による選だった。

西行が死の直前まで、定家に歌の判を依頼してやきもきしていたことは有名な事情だ。西行七十歳のときに嵯峨野の草庵で成った「御裳濯河歌合《みもすそがはうたあはせ》」、そして七十二歳のときに終焉の地、河内の弘川《ひろかわ》の草庵で成った「宮河歌合」の判者が前者は藤原俊成、後者は若き定家だった。いや、これはたっての願いで西行の方から定家に判者を依頼したのだ。定家はこれにおおいに手間取った。やりにくかったことだろう。西行は定家の父俊成と歌詠みの知己であった（ついでに「御裳濯河」とは、伊勢神宮社前を流れる五十鈴川のこと）。

この「歌合《うたあわせ》」というのは、平安貴族・朝廷で流行した歌の遊戯で、詠んだ和歌を左右に一首ずつ組み合わせ対峙させて、優劣を判者が判定し、批評のことばを添えるのである。西行のこの「歌合」は、実際に歌詠みが左右に並んで詠んで、判定するというのではなく、作者の西行が自分で自身のこれまでの歌の数々を左右に編集して、さてそのテクストを定家に届けおいて、判定の批評をもらうというもので、歌合のテクストは、左右みな自作自演のもの。自作歌を自分で左右に並べておいて、自作歌に自作歌を勝負させるというような孤独な趣向だといったらどうだろうか。これは現代詩でやってもおもしろかろう。

要するに最晩年の西行が、自歌だけで歌合を編集し、外から判定者の批評のことばを入れていわば歌と批評の歌集をたばねるようなことだ。ここではやがて勅撰和歌集「新古今和歌集」の選者の一人となるべき若き定家だったところがミソだろう。この「歌合」の末尾には、作者・西行上人、判者・侍従藤原定家、と記されるのである。

定家の判辞はなかなかのもの。苦労しているのがわかる。「左右に立てられて侍《はべ》れば、事の心かすかに、歌の姿高くして、空よりも及がたく、雲よりも測りがたし、積もるあはれは深けれど、雲間の草の短き言《こと》葉乱れて」云々というように、とくにメの三十六番の歌の判は優に名詩論だろう。

前置きが長くなってしまって申し訳ない。ここでわたしが言いたいのは、西行の歌はすでに勅撰の「千載和歌集」に十八首採られている。これは一一八八年だから、西行七十一歳、西行の歌の行方については、西行自身、また勅撰集があろうときには、そこに採られることで未来に生きようという執念であっただろうか、などということではない。西行の歌は、実はすごく孤独だった、孤立無援だったのではないかと、わたしは言いたいところだ。俊成、定家の批評への思い入れは、そういうことであったかに思われる。

なぜ孤立無援なのかと。実は、没後十五年、後鳥羽院による久々の大きな勅撰集「新古今」に入集の西行九十四首に、わたしはがっかりしたのだ。これはまるでちがうと。どうしてよりによって、西行のあまたある歌の中からこのようにしおたれた、未練がましい、観念歌を、それが西行の秀歌であると選んだのだろうかと。「新古今」に採られたほとんどは、朝廷の貴族の歌詠みの一角、みな「上流の才子才女」、または僧侶。西行は、法師という名で出ているので、僧侶としてなのだろう。そして多くの歌は選者たち自身の作がしめることになる。そのなかに「西行法師」の名で、最多の九十四首も、それを幽玄、有心、自然観照の技巧などということなのか。わたしの感想では、批評的な深読み、あるいは美学のボタンの掛け違いのように思われてしかたがなかった。妄言多謝であるが。

西行本来のあの闊達な生命感はどこに行ったのか。これが西行の歌だと、勅撰集で採られたからといって、たしかに秀歌ですなどとは言えない。むしろ西行の歌力をそぐ。はい分かりましたと言うわけにはいくまい。

わたしのこの「評釈集」で、もちろん、わたしの恣意的な選と勅撰の選と合致したのは二、三首のみ。誰もが知っている、「願はくは花の下にて春死なん」や、「年長けてまた越ゆべしと思ひきや」、にすぎない。

一例をあげる。「題知らず」として、きりぎりすの歌が一首採られている。

「きりぐ〵す夜寒に秋のなるまゝによわる《は》か声の遠ざかりゆく」という歌である。実は、きりぎりす（こおろぎ）の歌では、幽玄・有心ゆえに、わたしもまたこれを選ぼうかとおもったが、やめて別の一首を選んで、評釈した。

わたしが言う、西行歌「ステージ論」では、このような歌では、西行ときりぎりすとの対話、セリフ、所作がないということになる。これではきりぎりすも哀れすぎる。ここには西行の心がしのばれても、きりぎりすの心が生きない。

63

風になびく富士のけぶりの空に消《きえ》て行方《ゆくゑ》も知《し》らぬ我思哉《わがおもひかな》

この一首は「西行法師家集」におさめられてある。西行の当時、富士の山は噴煙をあげていた。ところで、この歌は十一首の「恋」の題でまとめられたものの一つ。この一首は、わたしの理解では、みちのく旅の途次に生まれたもの。

初度のみちのくの旅のことならば、若き日の歌枕を訪ねる旅であったから、恋の思いも強いて添えられようが、しかし、この歌は、西行六十九歳のみちのく行の印象歌、往路の歌、そうわたしは受け取る。となれば、「恋」の題に束ねるのは編集による。

郵 便 は が き

適宜な
切手をお貼り
下さい

〒101-0064

東京都千代田区
神田猿楽町2-5-9
青野ビル

（株）**未知谷** 行

ふりがな	お齢
ご芳名	
E-mail	男 女

ご住所 〒 Tel. - -

ご職業	ご購読新聞・雑誌

愛読者カード

ご購読ありがとうございます。誠にお手数とは存じますが、
アンケートにご協力下さい。貴方様の貴重なご意見ご感想を
賜わり、今後の出版活動の資料として活用させて頂きます。

●本書の書名

●お買い上げ書店名

●本書の刊行をどのようにしてお知りになりましたか?

書店で見て　広告を見て　書評を見て　知人の紹介　その他

●本書についてのご感想をお聞かせ下さい。

●ご希望の方には新刊書のご案内をさせて頂きます。　要　不要

通信欄(ご注文も承ります)

刊行案内

No. 58

（本案内の価格表示は全て本体価格で
ご検討の際には税を加えてお考え下さ

ご注文はなるべくお近くの書店にお願い致しま
小社への直接ご注文の場合は、著者名・書名・
数および住所・氏名・電話番号をご明記の上、
体価格に税を加えてお送りください。
郵便振替　00130-4-653627 です。
（電話での宅配も承ります）
（年齢枠を超えて柔軟な感受性に訴える
「８歳から８０歳までの子どものための」
読み物にはタイトルに＊を添えました。ご検討
際に、お役立てください）
ISBN コードは 13 桁に対応しております。
総合図書目録

未知谷
Publisher Michitani

〒 101-0064　東京都千代田区神田猿楽町 2-5-9
Tel. 03-5281-3751　Fax. 03-5281-3752
http://www.michitani.com

リルケの往復書簡集二種完結

＊「詩人」「女性」からリルケ宛の手紙は本邦初訳

若き詩人への手紙

若き詩人F・X・カプスからの手紙11通を含む

ライナー・マリア・リルケ、フランツ・クサーファー・カプス著
／エーリッヒ・ウングラウプ編／安家達也訳

208頁 2000円
978-4-89642-664-9

若き女性への手紙

若き女性リザ・ハイゼからの手紙16通を含む

ライナー・マリア・リルケ、リザ・ハイゼ 著 ／ 安家達也 訳

176頁 2000円
978-4-89642-722-6

8歳から80歳までの

岩田道夫の世界

子どものためのメルヘン

岩田道夫作品集　ミクロコスモス ＊

フルカラー A4 判並製 256頁 7273円
978-4-89642-685-4

「彼は天才だよ、作品が残る。生きた証も人柄も全てそこにある。作家はそれでいいんだ。」（佐藤さとる氏による追悼の言葉）

波のない海＊

192頁 1900円
978-4-89642-651-9

長靴を穿いたテーブル＊

—走れテーブル！　全37篇＋ぷねうま画廊ペン画8頁添

200頁 2000円
978-4-89642-641-0

音楽の町のレとミとラ＊

ーレの町でレとミとラが活躍するシュールな20篇。挿絵36点。

144頁 1500円
978-4-89642-632-8

ファおじさん物語　春と夏＊

978-4-89642-603-8 192頁 1800円

ファおじさん物語　秋と冬＊

978-4-89642-604-5 224頁 2000円

らあらあらあ　雲の教室＊

シュールなエスプリが冴える！　連作掌篇集　全45篇

廊下に出ている椅子は校長先生なの？　苦手なはずの英語しか喋れない？　空から成績の悪い答案で出来た紙飛行機が攻めてくる！　給食のおばさんの鼻歌がいろんな音に繋がって、教室では皆が「らあらあらあ」と笑い出し……

192頁 2000円
978-4-89642-611-3

ふくふくふくシリーズ　フルカラー64頁　各1000円

ふくふくふく **水たまり＊** 978-4-89642-595-6

ふくふくふく **影の散歩＊** 978-4-89642-596-3

ふくふくふく **不思議の犬＊** 978-4-89642-597-0

ふくふく　犬くん　きみは一体何なんだい？　ボクは　ほんとはきっと　風かなにかだと思うよ

イーム・ノームと森の仲間たち＊

128頁 1500円　978-4-89642-584-0

イーム・ノームはすぐれた友だちのザザ・ラパンと恥ずかしがり屋のミーメ嬢、そして森の仲間たちと毎日楽しく暮らしています。イームはなにしろ忘れっぽいので　お話しできるのはここに書き記した9つの物語だけです。「友を愛し、善良であれ」という言葉を作者は大切にしていました。読者のみなさんもこの物語をきっと楽しんでくださることと思います。

「行方も知らぬ我思哉」を恋の文脈にするのは無理があろう。しかもこの「我思哉」の漢字表記は、無常思念についてだろう。

あからさまに「恋」とならら、この連作中に例えば、「うとくなる人を何《なに》とて恨《うら》むらん知《し》られず知《し》らぬ折《をり》も有《あり》しに」というなど、異性の身に擬して詠む。わたしがあなたに知られずにいて、またわたしだってあなたを知らない時もあったのだもの、もう通ってこなくなっても恨まないわ、というほどの嘆き。

しかし「行方も知らぬ我思哉」という強い結句に着目すれば、この一首が、西行の「自嘆歌」とするのも納得できる。自讃歌である。富士の山讃でもあり、また、下界の無常にめげずに生きて来たぞということだろう。

西85

64

浦島《うら》のこは何物と人問《と》はば開《あ》けてかひある箱と答《こた》へよ

どこか余裕のありそうな一首。前詞に「伊勢より、小貝《こがい》を拾《ひろ》ひて、箱に入《いれ》て、包《つつ》みこめて、皇后宮大夫の局《つぼね》へつかはすとて、書きつけける」とあるところが、なお可笑しい。この大夫という局は、藤原信成女だという。局とは宮中、貴人の邸宅に使える女性。

西行が三十年の高野山住まいから伊勢の二見浦に移ったのは治承四（一一八〇）年、頼朝が伊豆で挙兵する年。六十三歳である。この西行が、伊勢の二見浦の浜で小さな貝を拾い集めて、箱に入れて、丁寧に包み込んで、この歌を添えて送るのであるから、面白い。西行はこのようなところがあるらしい。二見浦の質素な庵にあっても、その硯は海辺で見つけた石であったとある。頼朝挙兵、木曽義仲挙兵などのあわただしい時勢にかかわりなく、このような贈り物をつくる。

浦島太郎は西行の好きな伝説であるが、この歌では、玉手箱のこと。「こは何物」の「こ」は「子」とかけているし、「開けてかひある」の「かひ」は「貝」と「甲斐」と掛けている遊び。これは浦島太郎の玉手箱ですよ、というふうに六十三歳の西行は、おそらくまだ若い大夫の局におもしろがって言う。このように言っても心が通じ合う間柄というべきだろう。二見浦の貝ならば、貝合せ（左右相対して貝を並べて優劣を競う）にも重宝するだろう。西行の日常のひとこまと見たい。

西行がこの貝を箱につめている図がわたしには面白いのである。

65

年たけて又越《こ》ゆべしと思《おも》ひきや命《いのち》成《なり》けり佐夜《さや》の中山

西行歌とくれば、この一首が一番知られていようか。この年になって、ふたたびこの佐夜の中山の峠越えをすることになると思っただろうか、いや、ない。というような、「き」「や」の反語。「き」は確実な過去回想を言う。

さて、前詞に、「東《あずま》の方《かた》へ、相知《あひし》りたりける人のもとへ罷《まかり》けるに、佐夜《さや》の中山見《み》し事の昔になりたりけるに、思ひ出《いで》られて」とある。これは平泉の藤原秀衡のもとに東大寺大仏の砂金勧進の旅。

みちのくの初度の旅は、いま六十九歳であるから、四十年ほども昔のことだ。

その時ももちろん、遠江国の佐夜（小夜とも）の中山の急峻な峠を越えたことだった。一一八六年中秋のことであった。

この時の感慨をいま、「命成けり」と言うのである。

普通には、「命あってのことだなあ」という意味にとるが、この「いのち」ということばは、「運命」というようにとっていい。

ところで評者は、この評釈の先駆にもと、『郷愁　みちのくの西行』を書いた。この一首によって書いた物語と言っていい。西行がこの日坂峠を越えてみちのく入りしてくれたおかげで、みちのくの若者たちの心に、歌の心が流れ込んだというようなテーマだった。

西
113

66

霧深《きりふか》きけふの渡《わた》りの渡《わた》し守《もり》岸の舟着《ふなつ》き思《おも》ひ定めよ

西行歌におりおり見られる、このような命令形は好ましい。「思ひ定めよ」と、実際に彼が渡し守に言ったかどうかだが、おそらくは会話でのことであろう。この朝の濃霧では向こう岸の船着き場に無事に着けるだろうか。というようにこの歌からは、霧に包まれた二人の会話が聞こえるようだ。いや、客は西行一人だけではないかもわからないが。

前詞に、「下野《しもつけ》、武蔵の境河《さかひ》に舟渡《わた》りをしけるに、霧深《ふか》かりければ」とある。ここで境河というのは、渡良瀬川のようである。奥日光をみなもとにして流れ、利根川に合流する。この川は桐生や足利に水運で益をもたらす。

で、この境河が、いわば国境線の如くであろう。

この歌は、みちのくへの旅の途次にちがいない。こちらからだから、二度目のみちのくの旅。ここで分かるように、西行の旅は、このように舟渡りも多々ある。霧は深いし、向こう岸はさっぱり見えない。しかし渡し守は、対岸の舟着き場に着くにはどのように流れにのればいいか知っているはずだ。普通は、まず川上に向かい、それから船着き場を川下にして、流れに乗る。西行が命ずるまでもないことだ。しかし、歌では、このように内心の声を聞かせる。

歌に善き対話性がうまれる。渡し守の返事まで聞こえる。

西
114

67

かつみ葺《ふ》く熊野《くまの》まゐ《い》りの泊《とま》りをばこもくろめとやいふべかるらん

この一首は漢字が少なくて仮名音がおもしろく響く。前詞によると、熊野の五月会へと都から下向し、宿の軒下に「かつみを菖蒲《あやめ》に葺《ふ》きたりけるを見《み》て」詠んだ歌だと分かる。五月会とは中世、近江坂本《さかもと》の日吉神社や奈良の春日神社で端午の節句に行った祭礼らしい。これが熊野神社でも行われたので旅をした。

歌の意味は、とりたてて言うこともないだろう。五月会の旅で熊野参詣の宿りは、「こもくろめ」とでも名付けようものか、と。

この歌に惹かれたのは、この「こもくろめ」ということばのひびき。

ここで「かつみ」というのは、真菰《まこも》のこと。いわゆる、かすみぐさ。沼沢地に群生する。この「かつみ」を「葺く」というのだから、本来は菖蒲、あやめの花を軒に挿して飾るところを、この宿りでは来てみると、菖蒲ではなくこのかすみぐさで飾ってあるので、「こも・くろめ」と呼ぼうか、といったところだろうか。西行のさりげない新造語《ネオロギズム》か。岩波文庫版『西行全歌集』の脚注には、未詳とある。いきなり、コモクロメ・komokuromeと書かれると、音が聞こえすぎて、呪文めく。「こも」は真菰・かすみぐさ、であろうから、「くろめ」が分からないだけだ。宿の軒に、菖蒲を葺《ふ》くところを、かすみぐさで「くろめ」しているので。くろめは、くるむ、であってもよいか。

西
119

68

月のゆく山に心を送《おく》り入《い》れて闇《やみ》なるあとの身をいかにせん

月がわたってゆく山に心をうばわれてしまった身では、いま月のいなくなったこの闇夜で、わたしはこの身をどうしたらいいのだろう。というふうに嘆く。

「月のゆく山」というので、ついつい出羽三山の「月山」を思い出させられようか。すなわち、月がゆく山、死の山でもあり、同時に、月は不死をも連想させるだろう。

西行の心の傾向は、どちらかというと山に親しみ深く、月の凄さも知り抜いている。また自らも月を追うて自分の心を行かせて（「送り入れて」）いるので、残されたこの身は、闇の中でどうしたらいいのかわからないのである。こうした心の傾向を、台密より真言密教の東密的なという見方もあろうか。

月に魅入られることの凄さ。現代では至難だろう。

「山に心を」「送り入れて」に立ち止まりたい。そこが、実は「月のゆく」山なのであった。月と不死を思い出させられるだろう。ところで、山は女性名詞であろうか。日本では、どうなのか。

「送り入れて」にこだわれば、この西行流の比喩は、わが心をまるで手向け物としているかのようで、この「心」は見えないが物質化されているようにも聞こえようか。特殊な表現と言うべきだろう。遊離魂的な心境。

撰8

（撰＝撰集・家集・古筆断簡・懐紙）

69

惜《お》しむとて惜《お》しまれぬべきこの世かは身を捨《す》てゝこそ身をも助《たす》けめ

さて、この一首、前詞に「鳥羽院に出家のいとま申侍《まうしはべる》とてよめる」とある。若き佐藤義清《のりきよ》は十八歳（一一三五年）で鳥羽院の北面の武士に任官。それから五年ばかり勤め上げ、突如として二十三歳で出家して西行となる。

北面の武士と言えば、華やかな世に知られた身分だとされるが。いろいろと見るべきものは見たのか。無常を知ったのか。将来に絶望したのか。この時代の出家遁世の流行に乗ったのか。ともあれ突然であるという印象をもたらした。

これはそのときの、鳥羽院に辞意を言上する歌。実際に届けられたのかどうか。

若い日の西行は、三十一文字で心の悩みを論理的に言おうとするのでこうなる。

　逐語訳すると、「惜しんでもあまりある、惜しむべきはずの世でありましょうか、いや、しかし、わたしとしては（出家して）身を捨てて、はじめてわが身を救うことになるのです」。「～ぬべき」の助動詞は、確信的予測。「～かは」は反語否定。「助けめ」の「め」は確定未来、ということになろうか。要するに、惜しくはないこの世、出家してわが身を救いたいという弁論である。

　この出家の報を前大納言成通が聞いて、「厭《いと》ふべき仮《かり》の宿《やど》りは出《い》でぬなり今《いま》はまことの道を尋《たづ》ねよ」と言ってよこしたと、前記歌の次に添えてある。北面の武士で西行より数年先んじて出家した歌友には寂然がいる。藤原為業である。

撰18

70

老《お》いゆけど末なき身こそかなしけれ片山端《はた》の松《まつ》の風折《かざを》れ

西行がじぶんの老いのことを意識していたのかどうか。それはともあれ、年をとってその先の未来がないと分かった身は、とてもかなしいではないか、と言う。まずはこう言ってから、下の七七の結論に、風で折られた山の松の木を、どっしりと置く。散文であれば、まずは風折れの無残なる松がきて、そののち、かなしいなあという詠嘆の措辞となろうか。

先ず思いが来る、そして主語があらわされる。これが西行流だ。

この松の木は相当に老いた松にちがいなく、それゆえに大枝が一つ風に耐えられずに折れた。だからこの末（未来）はない。わたしだって片腕がないような身だ、とでもいうように。

「片山」は片側が勾配斜面にでもなっているような山。その山の端にある老松。詠み手は、ある日、そのような山道でも越えていたか、この老松に出会った。そのとき即座に口を突いて出たような調べだろう。このように老いたる松を見て、ごく自然に自分をも重ねた。西行ならこの松に触れて、見上げ、あるいは凭れた。わが身のかなしさをさりげなく突き放す。

「悲し」という語の本意は、自分のちからでは及ばずどうにもならないという気持ちだ。「かた・やま・はた・の・まつ・の・かざ・おれ」の音をくりかえし声に出してみたい。松に風の音が聞こえてくるだろう。

撰47

71

花《はな》が嶺《ね》の吉野《よし》の山の奥《おく》の奥《おく》にわが身散《ち》りなば埋《うづ》めとぞ思ふ

「花嶺」と題されている。

若い日の歌とは思われない。わたしが死んだら、吉野山の奥の奥に葬ってくれという意味。吉野の桜をこれほど愛して詠んできたのだから、遺骨を埋めるにはふさわしかろう。

「花の下にて春死なん」の歌よりはずっと先であろうか。

吉野山の奥深くに眠るならば、春ごとに桜をみようというものだが、「埋めよ」と言われても、だれがそのようにしてくれるのだろうか。心もとない。そう思うだけのことであるのだが。
それにしてもこの歌の調べは、「はながねの」「よしののやまの」の五七まではいいが、いきなり、「おくのおくに」(六)、「わがみちりなば」(七)、「うづめとぞおもふ」(八)となっているので、自然な呼吸では、「「吉野の山の奥の奥に」と一息に読みたいところ。ただ吉野山の奥にではなく、「奥の奥に」というその深奥の感じ。出家し、しかし半俗半僧、旅に生きてまた寺院の再興にも身を粉にし、奔走し、あるいは即身成仏の悟りを願い、さて、その先々の終わりには、遺骨を吉野山の奥の奥にと願う。これはまた自然な思いではないだろうか。「埋めとぞ思ふ」の、「埋め(よ)」という命令形は、みずからにそう言うことである。

撰
54

72

ふもとまでからくれなゐに見《み》ゆるかな盛《さか》りしぐるゝ葛城《かつらぎ》の峰《みね》

この歌は、慈円歌集の断簡《だんかん》に残されていたという二首の一首。西行の死の直前の歌といっていい。覚えに慈円の、「円位上人、十月許《ばかり》広川の山寺へまかりて、かれよりつかはしたりける」とある。西行が慈円あてにこの歌を贈ったのがわかる。

ここでは西行は円位上人である。

葛城《かつらぎ》山は大阪府と奈良県の県境の山、高さ千メートル弱、修験道の霊場。七十二歳の西行は嵯峨の庵を引き払って、この河内国の弘川寺に草庵を結んだ。

その数か月後、病を得て、年を越え二月十六には死去する。この山は故郷、和歌山の所領田仲の庄にも通じる要所。山中深くに最後の草庵であった。

どのよう衒いもなく平明きわまる叙景歌に至りついている。おなじもう一首に、「尋《たづ》ねつる宿《やど》は木《こ》の葉《は》に埋《うづ》もれてけぶりを立《た》つる弘川《ひろかは》の里《さと》」が残された。

この宿とは、弘川寺であろう。この山寺の一室なのか、あるいは離れに草庵を見出したのか。晩秋から冬。柴を焚く煙が見える。助動詞「つる」は完了を意味する「て」であるから、とうとう尋ねあてた宿、と言っていい。弘川寺は木の葉に埋もれている。まるで西行一生の歌の言の葉のようにか。

弘川寺域で、西行の墳墓が見出だされたのは京保十七（一七三二）年のこと。一一九〇年の死去から、五四〇年近くのちのことであった。

撰
62

西行評釈のために、走る

いま九百年も昔のあなたをぼくは追いかける
歌おうとするその亡き人を
厖大《ぼうだい》なあなたのその歌を読む
つい昨日のことばのように
ぼくは現代のあなたを発見する
あなたの歌が九百年の昔の
その十二世紀からこの二十一世紀のいま現在まで
なぜ生きのびてきたのかなぜその風が
　　　　　　　　　　ぼくに吹いてきたのか
その風の秘訣を理解する

あなたは生涯かけてただすべて歌だけを残した
だれのために残したのかその心を
ぼくらは問うだろう
そして見出されるだろう
あなたはその厖大な歌の一瞬一瞬
その一期一会そのすべての別れを出会いの影を
それらの無常だけが
すべてだったとその歌の風はぼくに言うだろう

その無常をそれらの無常の変わらざる流れを
無常ならざる存在へと変えることを成就せよと
たらちねの乳房を
かなたに後方に光背《こうはい》のごとくに
それこそがあなたが獲得した
運命だったと
その絶えざる漂泊と定住と困窮と豪奢と
それをぼくはあなたの運命と呼ぶだろう
そのように定義するだろう

あなたの実際の人生はどこに存在したのかと
ぼくらはまことしやかに問うだろうが
無常においては雲のように無駄なことだ
霧に朽ちる山路の僧衣のように
まことに実際の人生とは存在したとして
　　　　　　　　いったい何事なのだろうか
何が残されるというのか

なぜなら一切は無常だからだ
いまさら実際のあなたの人生のデターリ《さいぶ》を
　　　　　　　　　　　　　　　　究明したところで
それは少しもあなたその人でないことは自明なのだ

あなたはその詠われたすべての歌だった
もはやあなたは詠われたそれらの歌の中にしか
　　　　　　　　　　　　　　　　　　存在しない
どうして別れの風が
ささやかれ告白された草花のなかに存在するだろうか
それだけがすべてだ
そう言い切ることだけが
のちに来た者の讃歌ではないのか

それゆえにこそあなたは
すくなくとも
文明現象があばれているこの二十一世紀に

生死と無常とのかけがえのない海やまの本質を
いまあらためて問いかける
業火船ならず一丁の艫艪《ともろ》を漕ぐ老いたる漁師のように
あるいは薪の枝先に
あけびの実をかざって下りて来る猟師のように

ぼくはあなたを十二世紀の日本語詩の
　　　　　　　　古典として読まない
ぼくはあなたを二十一世紀の日本語の心として読む
ぼくはあなたを二十一世紀の詩学として受け入れる
一冬を幾秋《いくあき》の夜のように
ぼくはあなたの文庫本を堆《うずたか》い庭の木の葉のように
雪の花びらのように開いた
くりかえし雪の頁がくたくたによじれるまで
くりかえし同じ歌にあるいは異なる歌に
あるいは謎が残る歌たちに帰って行った

そして疲れ果てながらも
またみちびかれて
あなたの歌の山路に
海やまに
ささやかな人事に尽きせぬ別れに
小さくて卑近な
それだけにゆたかな足元の
あるいは夜の荒涼の庵の貧しさに
コオロギの鳴き声と
その見舞《とぶら》いに
あるいは野の女郎花と卯の花の語らいに
雨の郭公の声に
多くの謎めいた羇旅《きりょ》の
旅の空に
雪の朝に
老いてなお潜《かず》く海人との語らいに

あなたの嘱目《しょくもく》のすべての風景は世界の成り立ちだった
あなたは当時の貴族出の歌人の美学とは無縁だった
あなたはそのあなたの新しい美と
新しい自然との出会いをひっさげて
武門の冴えを残しつつ
流鏑馬《やぶさめ》の名手のように
みやびの宴の詩歌のことばに押し分けて入った

そしていまぼくはただ一つの発見をした
あなたの詩学について
あなたの十二世紀のポエチカについて
それはこうだった
それはシンプルだった
四十年もかけて
あなたが成就したはずだったその秘訣を
あなたはみそひともじという
その三十一音綴の枠組みのなかで

和語のすべての威力と優しさを引き出して見せた
ことばのその慈悲とかなしさ
美の発生の汀《みぎわ》を
あなたのみそひともじの一首は
どの一首もそれもこれも
それが二千首であろうと
すべて地上の庭の
銀河の
月光の
紅葉の
その一首一首が
一つの一瞬のつかの間のステージだったのだ

小さな舞台だった
人であることの小劇場だった
そこでは西行というあなたも
嘱目のいっさいの命が登場人物となって

しめやかな語らいが
独白が対話になり
あなたの好きな動詞句の多用の力強さによって
情景の海やまも日常の人々の暮らしも
あるいはあなた自身の心の表情も
思念の論理も
まるで小舞台のように
一首の歌のステージで演じられていたのだ

もしここに
海やまの能舞台があったとしたならば
あなたの一首は
歌の能であってもよかっただろう
あなたは和歌という歌の中に
生死の人々とその他自然の命との語らいを
聞こえるようにもたらした最初の歌人だった
あなたは歌の一首を

モノローグであれ対話であれ劇化し
それもさりげなく諧謔さえ添えながら慎ましやかに
一瞬の舞台にしてくれた

観客のぼくらは
その一首のあとの余白の沈黙に
その奥深い遠景
後景の物語と
運命を想像することができるようにと
あなたは歌による劇作家だった
それらの一首は
一篇の物語でもあり
また一篇の思想論でもあった
それが小さな舞台で一瞬にして上演されるのだ
次々に
つぎからつぎに
一生涯かけて詠まれた歌が

自然と出会いと別れの人事が三十一文字の
一行のステージで演じられ
あなた自身もまた上手から登場し
下手から立ち去るだろう

そのことばは
あなただけの人間のことばではなかった
身のまわりにあるすべてのもののことばだった
それらのことばだった
あなたはそれらを
同時にすべてを擬人法で
あるいは換喩のメトニミーで語ることができた
なぜなら
あなたはそれらのなかに
つねに一体化していたからだった
その身から
たましいがあこがれだすからだった

あなたの人生は
したがってその身は空無となり
憧れだした魂がふたたび身に帰ってくるのを待って
ふたたび生きなおすのだった
まるで舞台の下手から入ってくるあなたのように

だれかがぼくに問うだろう
それでは
あなたはどういう人柄だったろうかと
ぼくはそれにすぐに答えるだろう
ぼくが書いた物語『郷愁　みちのくの西行』で
老いたるあなたを描写したことを
あるいは平泉の館でお酒を飲むにさいして
左でも右でも盃をもって飲み
そして即興の舞を舞うことも
あるいは谷間の山路で

萩の花を見ながら下り降りて来
歌の調べを声高に吟じているようなあなたを
あなたは後世に脚色されたような
寡黙な高僧でも
狷介《けんかい》な法師でもなかったことを
若き日に北面の武士を捨ててのち
その歌にはその歌の姿には
武門の者だけが持つ殺気があったことさえも
それが生涯のながさゆえに
殺気が生気へとゆっくりと熟成していったことを
あなたは高僧でも過激な求道者でもなかった
あなたは卓越した俗人でさえあった
人がたどる旅路をひたすら誠実に日々を生き
そのように恙無《つつがな》く
恙無くという事は無いと知り尽くしつつも
そのように人の日々が過ぎることを願ったのだった

あなただけがあの時代を生き延びた
あなたと北面の武士の友であった平清盛でさえ
あるいは崇徳院であれ鳥羽院であれ高貴卑賎を問わず
あなたを残してみな過ぎたひとになったのだから
あなたは
そのようにして
すべてに別れを告げながら
残されたすべてを見て
見るべきものを見届けその一切を
歌の中にのみ残して
しかし動乱とおびただしい人の死を詠うことを
時代を大きな歴史で詠うことを選ばず
無常の論理の中で
歴史のステージの上手からこそ
立ち去るだろう
あなたの歌はそのようにして無常を越えた
あなたは詩人の運命を成就した。

西行抄初句索引

くどう まさひろ

1943年青森県黒石生まれ。北海道大学露文科卒。東京外国語大学大学院スラブ系言語修士課程修了。現在北海道大学名誉教授。ロシア文学者・詩人。

著書に『パステルナークの詩の庭で』『パステルナーク　詩人の夏』『ドクトル・ジバゴ論攷』『ロシア／詩的言語の未来を読む』『新サハリン紀行』『ＴＳＵＧＡＲＵ』『ロシアの恋』『片歌紀行』『永遠と軛　ボリース・パステルナーク評伝詩集』『アリョーシャ年代記　春の夕べ』『いのちの谷間　アリョーシャ年代記2』『雲のかたみに　アリョーシャ年代記3』『郷愁　みちのくの西行』等、訳書にパステルナーク抒情詩集全7冊、7冊40年にわたる訳業を1冊にまとめた『パステルナーク全抒情詩集』、『ユリウシュ・スウォヴァツキ詩抄』、フレーブニコフ『シャーマンとヴィーナス』、アフマートワ『夕べ』（短歌訳）、チェーホフ『中二階のある家』、ピリニャーク『機械と狼』（川端香男里との共訳）、ロープシン『蒼ざめた馬　漆黒の馬』、パステルナーク『リュヴェルスの少女時代』『物語』『ドクトル・ジヴァゴ』など多数。

西行抄《さいぎょうしょう》
恣撰評釈72首

2020年5月5日初版印刷
2020年5月20日初版発行

著者　工藤正廣
発行者　飯島徹
発行所　未知谷
東京都千代田区神田猿楽町2丁目5-9　〒101-0064
Tel. 03-5281-3751 / Fax. 03-5281-3752
［振替］　00130-4-653627

組版　柏木薫
印刷所　ディグ
製本所　牧製本

Publisher Michitani Co, Ltd., Tokyo
Printed in Japan
ISBN 978-4-89642-609-0　C0095